心尖上的花瓣

依拉索妮 著

上海文艺出版社

图书在版编目（CIP）数据

心尖上的花瓣 / 依拉索妮著 . -- 上海：上海文艺出版社，2021.12

（2021 鼓浪诗萃 / 禾青子主编）

ISBN 978-7-5321-8259-6

Ⅰ . ①心… Ⅱ . ①依… Ⅲ . ①诗集—中国—当代 Ⅳ . ① I227

中国版本图书馆 CIP 数据核字 (2021) 第 264719 号

发 行 人：毕　胜
策 划 人：杨　婷
责任编辑：李　平　程方洁　汤思怡
封面设计：悟阅文化
图文制作：悟阅文化

书　　名：心尖上的花瓣
作　　者：依拉索妮
出　　版：上海世纪出版集团　上海文艺出版社
地　　址：上海市闵行区号景路 159 弄 A 座 2 楼
发　　行：上海文艺出版社发行中心发行
　　　　　上海市闵行区号景路 159 弄 A 座 2 楼 206 室　201101　www.ewen.co
印　　刷：成都市兴雅致印务有限责任公司
开　　本：880×1230　1/32
印　　张：70
字　　数：1325 千
印　　次：2022 年 1 月第 1 版　2022 年 1 月第 1 次印刷
Ｉ Ｓ Ｂ Ｎ：978-7-5321-8259-6
定　　价：398.00 元（全 10 册）

告读者：如发现本书有质量问题请与印刷厂质量科联系　T：028-83181689

一颗熠熠生辉的星辰

——品读依拉索妮诗集《心尖上的花瓣》

◎ 江 汉

很早以前,我就读过诗人依拉索妮的诗歌,并被她独特的诗风和清纯的诗意所吸引。好多个年头了,她在落霞的背影里,一次次踏上诗歌孤寂的行程。尤其是在黄昏渐近、夜霭将临的背景里写作,无不体现出一种柔美与淡然。那些古朴的汉字,在她深长的呼吸里漂泊,在她纯粹的血液中"戛然有声"。从某种意义上说,诗歌才是她生命磅礴的写意和象征。依拉索妮诗歌馥郁、深沉,以其独有的智慧与灵性和超凡的想象力,为我打开了一个水晶一样洁净、大海一样宽广的全新世界,构筑了一个有日月星辰、大地山川、亲情爱情、青春记忆、人世沧桑的复杂世界。品读《心尖上的花瓣》,抛开喧嚣与浮华,我就跟随着依拉索妮的诗心,一起"返璞归真"吧。

诗集《心尖上的花瓣》由8辑组成。集里的诗章,没有晦涩难懂的词语,也没有华丽多姿的辞藻,却写得优美、动人,流露着诗人的真情实感。诗人在追求人性的真、善、美。其实,文学即人学,是人的内心与世界的呼应。这就注定了文学作品只有流露真情,才能打动人、感染人,才有长久的生命力。诗人侬拉索妮是深谙此道的。

　　诗歌，让她的生命有了"飞翔"的意义。一个真正意义上的诗人的力量，源自其独特的人格力量和璀璨的精神光芒。

　　《我用一颗心去领取那粒豆》：满地光辉／串成颗颗相思豆／我只用一颗心作为通行证／凝望那泉深情并领取它。

　　《每一朵小花都有自己的姿态》：你从雪山中走来／用自己的温暖／蕴意世界。

　　《独在灯光下静默成风》：有风／有雨滴的私语／有月亮／有说不尽的忧伤／／你把你的门把拉上／我把我的心扉堵上。

　　《我喜欢的一种状态》：当秋风／执意说出这个人的名字时／我醉倒在三月的桃花湾下。

　　《幸福的日子》：我会说——／看到美丽的花／看到美丽的绿／看到美丽的山水和建筑。

　　《窗外，屋顶上的雪花》：不是／沉重的寒风／遮挡着你的视线／而是／让你在迷茫中向往春天。

　　《我一直在远方等你》：我一直在远方等你／等你把春天抱满／做百花成王冠／爱我如小河倾诉弦伤。

　　《月亮是夜晚的伤口》：你是透明的／我站在云端俯视／空心的白云闭着眼睛／任由风吹来吹去。

　　《孤独时看看大海》：我伫立在木桥上／望着天边的晚霞。

　　《春天，放牧一次心情》：打开这扇窗／视野一片片光亮／打开这扇门／心灵放飞于辽阔的天空。

　　《春风十里，不如有你》：一边伴着游水／一边理着思绪／尽管春风十里，而我，只要你。

　　《行走在尘世》：撇开繁华／步入尘世的清凉／空旷的

视野带给自己的是收敛/看看这些铜戈铁画/渺小晶莹眼底。

《姐姐，我在哈德宫等你》：眼圈一圈一圈地沦陷/海水一次一次地泛潮/哈德宫房顶的炊烟在冒/姐姐/我的歌声是否走调。

《终于关上这扇窗》：关起这扇窗，遮蔽那堵墙/但带着的羽翼还是不能停落山岗/打开那道门——看，太阳！

《我从未远离》：大海，湖泊，山川，河流/整天在我心中//蓝天，白云，太阳，星星/栖息在我脑海里。

《赠你三月春光，予我四月桃花》：三月的阳光与你错过，你赤手空拳/在你摘掉眼前的风情时/你把手伸在天空/你举着墨镜就像举着一把红缨枪。

《爱有多深，牵挂就有多长》：白发牵着你的年龄，在时光中沐浴/阳光下，你的影子很长/我捡起影子的尾巴，把它当作我的衣裳/在歌声中蹁跹，梦牵着你的手。

《大海的春天》：两个孩子在海边拍打浪花/用童声咀嚼大海的春天。

《春天来了，一切都是新的开始》：人们从四周赶来/一低头砸进了生活。

《一个阳光明媚的日子》：我用/珍惜心头的宝藏/温暖心中的太阳。

……

优秀的诗歌，一定是行文规范、底蕴深厚的，一定是文字功力自然娴熟、文眼轨迹清晰可感的。现实，生命，自然，哲思，都会在诗人心灵或思想里经由沉淀、撞击、融合，才能迸发一束束具有美学品位和艺术内蕴的光波。依拉索妮的诗歌，能从容地走进知识，也能通过消化知识，以入心的方式巧妙地"走"出来，而不是以发挥想象力的名义进行词语的随意性堆砌。诗人，往往意识到日常生活的意义和价值并不容易。因为日常生活的价值和意义蕴含在无数琐碎、平凡的细节之中。正因如此，很难给人陌生感、新鲜感，很难被发现、被重视并被细腻地感受、描写。它要求诗人对现实生活的每一丝、每一缕"片段"都要有着清晰的感受，而不仅仅是一种生活面貌上的知晓和生活常识上的知道。

　　从这本诗集中，我看到：诗人对自然世象、生活的看法，也代表了诗人对温暖、从容、豁达的叙事追求。正是这些让读者看到千篇一律、不断重复、无比平凡的日常生活中蕴含的意义和价值，也彰显了诗人完好地把握诗歌这一艺术形式在凸显日常生活意义和价值中的巨大力量。当生活中这些琐碎的叙述，落实到依拉索妮头脑中的世界时，她会突然变得柔软；当落实到她眼睛里的世界时，便陡然坚硬起来。诗歌，永远是诗人看待世界、生活的一种方式。诗人对人性的观察、对生活的看法，都潜藏在文字之中。诗人依拉索妮的这本诗集，给日常生活以秩序，给它们以肉身，也给它们灌注了源源不断的生机与活力。

　　《心尖上的花瓣》，是"大"诗歌，共计200余首诗作。200余首诗作的写作，是对一个诗人综合实力的考验和写作意志的锤炼，包括诗人的人格追求、生命体验、知识积累、审美感觉与语言艺术的功力。依拉索妮通过写实、赋形、抒情、叙事，抒发内心情怀和理性感情，把情境、物境和人的心境相互交融、凝为一体，写得委婉含蓄、舒畅自如、诗思绵长。诗人的创作，承袭了浪漫诗学的激情、敞亮、感性，也漫溢出疼痛诗学的本真、向上、超拔。其文本的精髓和幽深之处，蛰伏着深沉的"疼痛感"。"不要管风沙是否还会吹起/骆驼的眼睛足够负载/不要管眼泪是否有委屈/晶莹的透明足够跳跃光芒"（《跳舞的泪光》）、

"一只鸽子飞来／落在窗前的树梢／眼睛里游弋出黑色的云彩"(《心冷了的时候》)。而疼痛感深广的外延，都与广阔、复杂的社会层面织缠在一起，体现出人的"多维人性"。诗人依拉索妮在造境空间踱步，一方面在灵魂上寻求超脱生存状态和突破生存藩篱的境界，另一方面又在精神上对生命的本源和意义进行追索，与每一个人物的"灵魂"进行深度交谈，在横跨历史、现实际遇的向度上，诉诸人的本性生活。这种本性生活，即为诗人自我建构的精神空间之中的"诗意地栖居"。

依拉索妮并不满足于窥探个体隐秘的内心，并不满足仅从现实定性的概念、时代语话的框架上图解日常生活。诗人依拉索妮把易被众人所忽略的个人经验飞跃到哲思层面，对人、物与自然之象的灵魂进行拷问、反省与总结，经过内心的沉淀、磨合、过滤，终于让这些生活画廊里独有的场景、事件和人物，有了丰富的颜色与沧桑的味道，蕴藉出独到的现实美学的尊严。那是时光一点一点打磨出来的人文光泽，所以它醇厚，它迷人，它绕梁三日，甚至余音袅袅。《远方的力量》："背起行囊／遥望蓝色的天空／遥想月牙泉的驼铃声声。"在这部作品中，遍布闪闪发光的诗意亮片、处处频显机智的话语，其叙述也总能找到"线头"，绵绵不断地扯出绵绵"蚕丝"。她的诗，生长在深厚的大地上，散发着泥土的汗水的气息，呈现了艰难中挣扎的生命的庄严与高贵。

依拉索妮诗歌的语言，与生活始终保持不远不近的距离，既有细若游丝的生活气息，又有对生活的哲学思考，既朴实无华，又极具弹性、张力，为读者提供了自由驰骋的审美空间。诗歌是情感的产物，更离不开意象的支撑，依拉索妮熟谙此道，总能从人们熟悉的自然景观和司空见惯的生活中捕捉到崭新的意象，游刃有余，恰到好处，写出人人"眼中所有，笔下所无"的东西，给读者带来审美的惊喜。生活中点点滴滴平凡中的崇高，需要一双发现的眼睛，而诗人依拉索妮非常善于观察和发现生活中崇高的、美好的事物，并把这些被感动到的事物写入诗中，用来传播温暖。她诗歌的意象饱满但不拘泥，空灵但不空洞，实中有虚，虚中有实，相映生辉。情感融入意象，意象又在表达情感，二者相辅相成，水乳交融，形成和谐完美的意境。

　　诗人笔下的诗歌语言，是对日常语言的不断破坏、改造、重组、激活，创造出了一种新的诗歌语境，使之变得更有想象性、表现性、巧妙性、灵动性。每一首诗中，诗人都能找到一种语言潜在的可能性和切入点，用自身的思想智慧和巧妙的解说方式去激活它，最终写出的诗歌具有灵气、活力、魔力。这意味着诗人的诗性情绪更加深沉、更加冷峻，能够圆熟地构造完整的具有非常意义和价值的精神世界。《赶海的日子》："用思绪编着语言/把思念通过空气的传播来解解渴。"诗人笔下，灵与肉的合一所带来的平衡与和睦，灵与肉的疏离与隔膜所带来的苦痛与煎熬，都是放在瞬态万变的当下社会秩序所带来的伦理认知、情感认知、身体认知的变化层面上来辨识的。诗人把笔触插入更具普遍性的人性存在维度和伦理维度中做出考量，索取人性本源与归宿。诗人依拉索妮描摹个体的人生际遇，直刺现实时弊，对自我灵魂的裸袒，对生命内在世界的理智涌现，也在另一个维度上实现了一种担当精神。"把雨后彩虹当作犒劳/披肩照相挂在墙角/独处时瞧一瞧/自己曾经闪过光当过桥"（《拥抱岁月奔跑》）。诗人的诗集中，诗思时而率真朴质，时而徜徉恣肆，时而顿挫沉郁，时而疏狂佻达，字里行间透着灵魂步入自由之境时才能达到的自如挥洒。当理智与来自未知领域的感受"邂逅"并一见倾情,就孕育了诗。为此,诗人在处理具体的事态、物态、状态、情态以及各种叙事性的场景时,既质实饱满,又抽象多汁,低调与昂扬,孤独与洁净,沉雄与悲壮,共同组合成"依拉索妮诗学"的灵魂变奏。"叶子在灯光下摇曳/是你的思念/我的思念/是你我含笑时的紧紧相拥"(《笑靥惊动了四面风》)。依拉索妮放任灵魂去自由摆渡,多维度地对人生和生命的主题进行体悟和认领,与精神性的追问遥相呼应,构成了《心尖上的花瓣》非常完善的立体性的诗学结构。

综上所述:依拉索妮诗歌很好继承了中国古典诗歌写意的传统,并与现代诗歌有机结合,气质轮廓表现为注重文字的形象表意,注重诗歌整体构建的时空感,写实与抽象的写意,共同演奏诗歌的多声部,让文本内外贯通,予以艺术留白,诗歌整体绵长、舒展,有散文诗的味道,更有音色宽松大气、凸显情景相生、物我浑然、思与境偕的文本之美。亲情、爱情,山川、自然,是依拉索妮诗歌里多次出现的主题,也是她诗歌审美向度的中心。她善于调动色彩、意象,善于调动诗歌内在节奏,进行音效合成、多声部的演绎,进而在自己的琴弦上,弹奏出或幽微或沉静或激越或沉潜的旋律。独特性,是衡量一位诗人成熟与否的重要标尺。我在依拉索妮的诗中读到了很多有新意、难能可贵的"东西"。她在梦想最接近"诗神"的路上,写下了对生命、自由和爱的独特感悟和深刻思考。她的诗,蕴含着中国哲学的精髓要义,深沉内敛的情感闪烁着理性之光,给人矜持、冷峻、辽阔、悠远的感觉,文本纯净、唯美、大气、艺术。诗人依拉索妮裸袒灵魂的目的,是要让内在的声音传递精神所需的引导,向大地敞开自己的怀抱,来呈现自己原本丰满而完整的生命原色。

这就是依拉索妮《心尖上的花瓣》的诗歌文本价值所

在，也是她对诗歌精神的坚守、拓展与弘扬的写照。依拉索妮在诗歌创作上，纵横驰骋，左突右奔，上天入地，为我们铺开了一个全新的视角、全新的领域。依拉索妮的诗歌瑰丽多姿、意蕴悠长，充满着理想主义、浪漫主义和现实主义情怀。她崇尚美好与自然、正义与良知，充满着繁复的意象之美，像一颗熠熠生辉的星辰，高远、纯净、澄明，浑然天成。

四季更替，沧桑轮回。在夜深人静的时分，依拉索妮在灯下，铺开洁白的稿纸，继续写下飘游、生命、诗意与远方……

（江汉，本名王江汉，武汉市人。著有诗集 2 部、散文集 2 部、电视连续剧 1 部。）

目 录

第一辑
记忆与春天

我的身体里早已落叶纷飞 ………… 002
人间值得 ………… 002
对　话 ………… 003
我用一颗心去领取那粒豆 ………… 004
空中的云朵提着我的鞋 ………… 005
每一朵小花都有自己的姿态 ………… 006
画上一个符号 ………… 007
独在灯光下静默成风 ………… 008
风这样吹 ………… 009
桃花劫 ………… 010
多　疑 ………… 010
我喜欢的一种状态 ………… 011
触摸心灵的敏感 ………… 011
如若春天再来 ………… 012
穿着时光的云 ………… 013

第二辑

扁担、成长与阳光

压扁了的暮色	016
似乎我懂了	016
当皱纹爬上额头	017
夕 阳	018
时间起了鸡皮疙瘩	019
岁月静好，就这样守望	020
孩子，你在想什么?	021
成 长	021
幸福的日子	023
占用一分钟烈焰	023
跳在豌豆上舞蹈的女子	024
低下头捡拾岁和月	025
精挑细选	026
失 落	027
我谦卑	027
拾取那份冰冷的孤独	028
心如水	028
今夜星光灿烂	029
月 啊	030

第三辑
展望、亲情与人性

非洲的奥克榄树与我有关	032
不知道用何种方式	032
窗外，屋顶上的雪花	033
无 题	034
当孤独来临时	035
我一直在远方等你	036
在冬日里洗净铅华	037
一个梦	038
在一起	040
父亲节	040
父 亲	041
无 题	043
月亮是夜晚的伤口	043
在麦秆上舞刀的女子	044
这是一次怎样的告白	046
在我孤独的时候	047
远方的力量	048

第四辑

情绪、冲动与向往

今日，我不想背诵徐志摩的诗 …… 050
今夜无眠 …… 051
孤独时看看大海 …… 052
朝　霞 …… 053
这是一场怎样的修行 …… 054
如果你也落泪 …… 055
等 …… 056
多　想 …… 057
人　间 …… 058
无　意 …… 058
无　题 …… 059
怯　懦 …… 060
阳光下的影子 …… 061
在十字街头 …… 061
笑靥惊动了四面风 …… 062
满地落花成音符 …… 063
让四季尽量分明 …… 064
春天，放牧一次心情 …… 065
一书一茶一知己 …… 065
不负岁月不负卿 …… 066
半亩方塘，一枕清欢 …… 067

时光温良，岁月静好	067
阳春三月，安暖前行	068
春风十里，不如有你	069
耐住寂寞，守住繁华	069
念你冷暖，懂你悲欢	070
时光渡口，莫负韶华	070

第五辑

寄托与火花

深红色的玫瑰	074
文字在低唱	079
在尘世间吸纳	079
掖在云层里的笑脸	080
生如夏花	081
那年那月	082
拥抱岁月奔跑	083
且走且珍惜	084
姐姐，我在哈德宫等你	084
跳舞的泪光	085
走与留	086
表　象	087
喝一壶风品尝	087

空调从远方来 ········· 088

雪洗净了天空 ········· 089

我与自己撞了个满怀 ········· 090

谁让你们把我的阳光拿去了 ········· 090

用尺子丈量时间 ········· 091

掬一把黄花，百草 ········· 092

闭着眼睛赶骆驼 ········· 092

第六辑
虚无、冷静与心扉

行走在尘世 ········· 096

默默倾听花开的声音 ········· 097

悠悠飘扬的尘子 ········· 098

黄叶喋喋是非休 ········· 099

用一阵风的功夫吹嘘我的罪孽 ········· 100

那一抹悸动的星空 ········· 101

踏在这块土地上 ········· 102

七　夕 ········· 103

我用一分钟排泄懊恼 ········· 104

你说，你想我了 ········· 105

这不是秋霜满地 ········· 107

心冷了的时候 ········· 108

三　月 ……………………………………………	108
春雨过后 …………………………………………	109
无　题 ……………………………………………	110
暖阳里 ……………………………………………	110
太阳滴血了 ………………………………………	111
未打开的心结 ……………………………………	112
一片凋零的叶子 …………………………………	112
无端欢喜，也无须伤悲 …………………………	113
千里之行，方知肚明 ……………………………	114
回避的原因 ………………………………………	114
终于关上这扇窗 …………………………………	115
步入轨道 …………………………………………	116
繁荣的海 …………………………………………	117
诗的意象就是一片阴影 …………………………	117
彳　亍 ……………………………………………	118
一字不提 …………………………………………	119
一种罪过 …………………………………………	119
涟　漪 ……………………………………………	120
头　发 ……………………………………………	121
我从未远离 ………………………………………	122

第七辑
孤独、坚守与美好

晴窗一扇	124
孤独寂寞孤独雨	125
主要是心脏受不了	126
打紧卸下这抹愁绪	126
拉着孩子散步的云彩	127
散散点点	128
思想的影子	130
为什么我的心那么痛	131
立 春	132
爱，足够彻底	133
别放弃，一切会好起来	134
活着真好	135
利 剑	136
写给2020年的春天	136
武汉，挺住	137
国人，不怕	138
坚强，共抗	138
自信，向上	139
赠你三月春光，予我四月桃花	140
爱有多深，牵挂就有多长	140
饱满的麦穗，总是低着头	141

大海的春天 ·················· 142
孩子没长大，我不敢老去 ·················· 142
春天来了，一切都是新的开始 ·················· 143
立不起来的日子 ·················· 143
又一种遇见 ·················· 144
赶海的日子 ·················· 145
独享今天 ·················· 145
致疫情病患者 ·················· 146
致身战一线的逆行者 ·················· 146
快递风声 ·················· 147
眼泪是最小的海 ·················· 148
小树上飞来一只鸟 ·················· 148
我在用你喜欢的方式保护你 ·················· 149
活　着 ·················· 150
你安好，我无恙 ·················· 151

第八辑
寄托与生命

藏在时间里的 ·················· 154
空　无 ·················· 154
曾经以为你是我的永远 ·················· 155
小天地 ·················· 156

伤过的心就像玻璃碎片	157
一个阳光明媚的日子	157
每朵云都下落不明	159
坐在阳光下数花	159
春天，小鸟叫醒了我	160
忽然觉得	161
鼓浪屿之行	162
感谢生命	163
夜　空	164
想不通	165
有治疗闭塞症的药吗	165
致爱人	166
离弦的箭	167
错过了，就不必留恋	168
忽然忘记了是怎样的开始	168
你在我的心里，我在你的梦里	169
夜色在黎明中翻腾	170
我用晨风洗刷污浊	171
人生如醉酒，一场又一场	173
一种格局	174
在乎风时，风不在	175
只是在人群中多看了你一眼	175
隐形翅膀	177
今晚你在我的梦里	178

不要说 ……	179
感叹岁月 ……	180
异地的蜗牛 ……	181
共饮晨风 ……	182
传　说 ……	182
西风甚好 ……	183
名　义 ……	184
一场雪花的笃定 ……	186
转身也能回头 ……	187
后　记 ……	188

第一辑

记忆与春天

霞起朝落,
是春天里记忆的眼睛。

我的身体里早已落叶纷飞

心脏在陡峭的山崖上爬行
看满山的枫叶
落叶纷飞

爬过的痕迹沾满血印
纷飞的枫叶
在旋转中绯红着脸

香山红叶是最多的
秋日里满山飘飞的样子
形如现在,我心脏的滚烫与孤单

《黄帝内经》上说
心脏喜红色
心动则五脏六腑皆摇

人间值得

活着在打滚中沐浴
一些记得的忘记的
都流着血

肮脏的躯壳啊
纵然你铠甲晶亮

又怎么能蒙住正义的眼睛

昏暗的视线
终归有白昼点燃
在清爽中喜得春风抚慰

就这样被踢在人间
狗模狗样地生活
也觉得疯狂

对　话

夜色稀疏
只有几盏家灯
从窗户伸出细长的手指
扒拉着月亮的眼睛

就在这深沉的夜色
一辆飞奔的车
突然跑出轨道横冲直撞
直至依在树旁

走下破摔的挡风玻璃
画一抹弧线
坐下来静听夜色说黑色的黑
突然你咧嘴一笑

站起拍拍屁股上的尘土
迈开长腿
向着远方招手
黑色的眼睛闪出一道雷电

我用一颗心去领取那粒豆

撷着那撮绿色的草
一根粘着一根
接到天上

终于把锚抛向那个方向
月亮走在庭院里
笑得发亮
银铃般全是辉煌

满天的繁星
眨巴着眼睛
这场聚会动用了设备
音乐响起

不要用手比画
动作滑稽
用心揣摩这些星斗

满地光辉
串成颗颗相思豆

我只用一颗心作为通行证
凝望那泉深情并领取它

空中的云朵提着我的鞋

伸缩的两条腿,滑板车
来回穿梭
我独自奔跑
就如
这只正在跳动的蟾蜍

空气中没有一丝风
汗在流
那一棵棵绿色的植被
忽然
红了眼眶

这不是梦幻世界
踏着的土地
灼烧着脚丫
干脆
把鞋扔在云彩里

孩子的笑声
年轻人的舞动声
还有角落里,看着视频

运动的老年人
都跟着云彩飘

每一朵小花都有自己的姿态

你从雪山中走来
用自己的温暖
蕴意世界

你有你的风格
它有它的色彩
或张扬
或含蓄

风是你们的爱情
有风的地方
你们开心地捉迷藏
喊着
笑脸包涵羞涩

太阳
是你们的梳妆台
对着镜子
做鬼脸

画上一个符号

当一步一个脚印
穿梭在
不知深度的云雾里
抬头看不见天
低头脚不着地

就这样
在云起云落中浮沉
就这样
在忽雪忽雨中沉静

在雪融化时
感觉温度
在雨过天晴时
感受彩虹的绚丽

当升腾的云雾
漫过胸膛
当眼睛的锐利
被云雾遮挡
此时
一种莫名的旋
从低向上

于是
在鸟从头顶飞过的幻觉中

在燕子排成一个人字形的迹象中
想象月撒满地的光辉
想象满天星星的灿烂

于是
在梦中大睡一觉
在一声咳嗽中惊醒
抬头看看天
低头踩踩地

然后
给梦画上一个句号
回眸
呵呵一笑

独在灯光下静默成风

习惯听见
排水管里的气体沙沙作响
习惯呆坐
幻想植被拔节时仰望

寂静的夜
习惯有你，有我，有灯光
清凉
在夜里望着星星
无比激动

有风
有雨滴的私语
有月亮
有说不尽的忧伤

你把你的门把拉上
我把我的心扉堵上

所有密密麻麻的光阴
从书本里滑落
掉进
海的深渊

风这样吹

一条汹涌澎湃的大河
沿着围坝逃离
不顾大海的呼唤
迅速奔流不息

一个身影跟跟跄跄
顺着河水的方向
一起越过荆棘
呐喊雄峰

任风吹来
无需包裹皮囊

桃花劫

我看到过桃花
欣赏过桃花
把桃花折下来
放进水里养
但我不曾是桃花

我看到了这种树
看到了这种果
常常站在树下仰望
希望摘下它
但我从未想过拥有

多 疑

当把所有的心思
折成礼花
打包寄走时
天上的白云
在明朗中变得有点多疑

我把寄来的关怀
丢在大海里
任其漂流
浸泡及腐烂
游走的云朵咯咯笑出声来

我喜欢的一种状态

当秋风
执意说出这个人的名字时
我醉倒在三月的桃花湾下

醉意中
我端详着你
似曾相识的风情

不要说一些
瑟瑟的喃语
我听不懂

此时
我只想打开心脏
把你的手放上去

触摸心灵的敏感

不曾用半句语言
表达蝴蝶与蜜蜂的交接

这么多年来
蝴蝶五湖四海地飞翔
可曾看到蜜蜂在采花时留下的芬芳

多多少少的遗迹
是否是蝴蝶触摸的敏感

那朵花的疼痒
是否因蝴蝶的停留而焦虑
又是否因蜜蜂的到来而欣喜

如若春天再来

日日夜夜无数
不曾数清春天
看到过草长莺飞，欣赏过燕来花开
却未感悟过那份热烈情怀

走过春，漫过冬
在风雪中掺染过冰冻
那松柏树上的银条
未曾在夏的炎热中激动

虽说
秋天是收获的季节
当看着果实累累时
我并未躁动

浸过了夏，没过了秋
在发白的枯枝中

我寻找发芽
再次盼望春天

穿着时光的云

有个声音一醉再醉
问：你多大了？

山谷的回声大声喊
不小了，不小了

小溪的流水潺潺着呢喃
不小了，不小了

拉犁的老牛哞哞
是的，不小了

可是，悬崖的雪莲和灵芝告诉它
你还年轻，你还年轻

那个一醉再醉的声音轻语
是的，我还年轻，必须年轻

第二辑

扁担、成长与阳光

云淡风轻了岁月,
月朗星稀了流水。

压扁了的暮色

暮色
笼罩在屋内的木椅上
望了整天窗外的脸
扭向它
咯吱一声
坐下去

暮色
扁了
距离压缩在椅子上
桌面的书
仍旧摊开
还翻着那页

早晨,现在
一指尖弹下去
太阳不见了
月亮
被云彩藏起

似乎我懂了

一花一世界
一草一人生

当树叶落在草丛
当花朵嬉笑绽放
亲爱的
你是否感觉到脉搏的跳动

白水无味
藏红花放进去
淡淡的黄，轻轻的香
金银花放进去
玫瑰花放进去——

远方不远
尽在眼前
一壶一乾坤
一语会惊人

当皱纹爬上额头

仙人掌的叶子
纹理不显
肉肉的
摸上去很舒服

槐叶绿绿的
细长的椭圆形
在槐花飘香的日子
沁人心脾

梧桐树叶
像一只手掌
经过百般历练
背后的经脉暴露条条

当时间
让皱纹爬上额头
湖水的平静
就会被
涟漪翻开褶皱

夕　阳

刚刚好
在一定的时间
在一定的地点
遇到
比你还要帅气的夕阳

霸气、壮观
还在意它的光照
还在意它和大地的和谐
更在于它多么和蔼可亲

当我被这景吸引时
我想到了一个流浪汉

一匹瘦马
一座小桥

而你
与流浪汉不一样的是
不骑瘦马
而是寻找一只
唾手可得的飞鸟

我看看水中的亮条
看看天边的夕阳
再寻找一下
那个似你非你的脸谱

时间起了鸡皮疙瘩

我对着夜
也对着我
在此起彼伏的咳声中
交叠着彼此的影子

夜色很浓
我的表情也很凝重
交叠，错开的一次次
无法解除忧伤

就这样

声音倦乏
时间紧裹着虚和空
虚和空在膨胀

早晨
时间扭曲
没有了光滑鲜亮
看到的是
全身大大小小的颗粒

岁月静好,就这样守望

乐呵
把所有的花草虫鱼
当作宝贝
醉耶
把所有的日月星辰
醉在心房

落花飘零的痛苦
埋葬
大雁翱翔的喜悦
收藏

看
深邃的天空
思

弯月下的寒光

就这样
静静地,喜滋滋地
守望
守望那份——
快乐的清凉

孩子,你在想什么?

那一道闪电
不是恐怖
不是烈焰

不必惊讶
它的无端穿越
那是
天地对你的无限爱怜

成　长

忽然
你看见
树干上的凸起处
一根正在茁壮成长的小苗

你说
喜欢
很喜欢它

是不是
犹如看见了
你自己当年的模样?

你笑了
你说阳光正好
把小苗安抚得好舒畅

然后
面对这光辉
拍下眼中的未来

太阳西斜
你坐在草地上
手摸着狗尾巴草
看看夕阳,再看看我

很长时间
你不语
看着垂下的柳枝——
披着光彩

然后
跑过来
把头倚在我的肩上——

幸福的日子

如果有人问我
幸福是什么？

我会说——
看到美丽的花
看到美丽的绿
看到美丽的山水和建筑

我会说——
最幸福的事
在我心里
我悄悄地把它当作太阳
挂在我的心房里

然后
然后——
还是不能告诉你

占用一分钟烈焰

在低处一隅
相拥这些洋溢的热情

放眼观望

所有的世俗都沉在水底

这些湖光山色
暂时镶嵌在心上高熠

一块儿风光含笑
一块儿水波荡漾

秋天的情侣
拉着春的衣角眉来眼去

漪涟的心情
在湖光里吐着绽放的芬芳鲜艳

羞涩中描绘
心中不曾爆发的烈焰

一分钟
仅用一分钟岩石即将融化

跳在豌豆上舞蹈的女子

夜深人静的时候
我骑着独轮车
在开满花朵的草原上

从上到下

从左到右
在四野中轮回滑跑

那种滋味
如花蕊中吐着花芯的信子
垂柳摇曳着风的裙摆

偌大的空间
独自复习着太阳撒播的光辉
心血来潮

跳在豌豆上舞蹈
一曲音乐
在苍穹里云卷云舒

低下头捡拾岁和月

借我借我一双慧眼吧！
能把时间
停留我的桌前

借我借我几个躯体吧！
好让事情
更加完美无缺

借我借我几颗大脑吧！
好让列表

每份都是晶莹透彻

风告诉我
去吧
慧眼只有一寸遥远

雨告诉我
去吧
站在阳光下与影子重叠

无阻告诉我
孩子
低下头赶快捡拾岁和月

精挑细选

张张明快的小脸
赛过天上闪烁的星宿
跳跃的音符
拨弄着贝多芬的琴弦

竹笋般的小手
唰唰风长
天使者的语言
抚动着慈禧太后的裙尖

舞动的小腿儿

稠密在疏疏朗朗的竹林
隆中的卧龙
妙算出花朵的精灵

失　落

落叶带着心思飘零
把秋的信息传递
我带着忧虑前行
把希望垫在脚底

一阵风儿疾驰
落叶惊疑
连同我
迷惘的前景
一并坠地

我谦卑

我谦卑地活在这个世上
面对所有的生物
都仰头看
大人或者小孩
男人或者女人
花草或者树木

林间的虫兽
甚至于天空中的飞鸟
我都觉得他们比我伟岸

拾取那份冰冷的孤独

小轩窗内
柔光似水
凄然炸雷人心的
是悲痛欲绝的初冬雨

轻拨房门
才觉风啊
在夜色下
正吹动树叶纷乱的愁绪

明月舞动清风
百转千回
那古老的故事
让生命的光环碎了一地

心如水

湖面没有风
柔美的镜子堆满慈祥

接纳月光
做自己的新娘

小船荡漾
里面的我倾听
人世间的喧嚷
在这醉人的夜晚
把所有的不幸
融入湖底泥葬

隔岸的灯火
含混在清辉下
隐绰而渺小
就这样静坐着
还有什么比这更幸福的呢

今夜星光灿烂

星星在无意中闪
对着星空凝思落寞

句句独语　是解遁

就像　那岁月的鎏金
积淀　情感河床的波澜

腼腆　炽热　而又起伏

是烈酒　三杯两盏　是潇洒

我爱　那星子闪动的眼睛
浪漫　憧憬而不缺温馨

月　啊

月从唐诗宋词中走来
又在今朝诗词中悬游

上弦的月啊
是我孤独的前奏
下弦的月啊
是我深情的回眸

朦胧婆娑的月啊
有我太多的执手与别愁
酣泄清辉的月啊
有我太多的眷念与低首

八月十五的月啊
里面载满我的牵挂和追求
今晚的月啊
好柔
我漫步辽阔草原
放开歌喉

第三辑
展望、亲情与人性

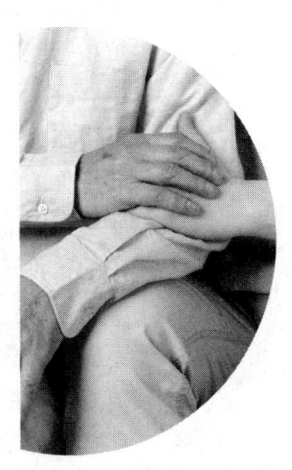

惆怅东栏一株雪,
人生看得几清明。

非洲的奥克榄树与我有关

你不美丽
外皮灰褐色
表皮易脱落
留下密集的孔眼张望青春

世俗在仰头
看到你的红色
才想到了非洲的红胡桃
是的,你还名扬于我心中

不光看中你的心思
更看重你的外表
那柔滑的纹理
犹如你对我屡屡的情丝

不知道用何种方式

不知道
天气为啥如此寒冷
不仅树枝发抖
树梢也在垂泪

干燥
干燥的树干里

喉咙沙哑
无法摆脱气候的洗刷

抬头
不见树梢鸟儿欢叫
冬季的风
吹生了我一世烦恼

窗外，屋顶上的雪花

站立
一抬头
便是前面屋顶上的雪花
薄薄的一层
也不融化

我用
温和的目光
注视着你
你依旧低头不搭

当我
用微笑
写下自己的落寞时
你抬起了眼帘

不是

沉重的寒风
遮挡着你的视线
而是
让你在迷茫中向往春天

无 题

当一幕幕风景
在眼帘晃动时
清澈的雨露
已经晶莹眼眶

多少悸动
多少疯狂
在千里征程中实现时
那条虚荣的解说词
已经陈旧

知道的
原本的花朵谢了
有自己含笑的释放
现在的鲜艳
不再印有迹象

跨过狂风冷雨
尝过冰雪霜冻
这颗纯真的菩提

是否否认曾经
彩霞现了春红

都过去了
黑暗的　靓丽的
那一片青草地
不管春风怎样吹拂
如此再不经意

当孤独来临时

当柴门对隐
露出心扉的色彩
这双手
是否去拉开

看着
这遍地的斑白
影绰着所有思绪
泪痕是否
依旧倦怠

不是
泡泡糖
可以解决的事情
即使
牙缝有太多

剩余的预言

热闹的台词
不能
让太多的躲藏
迸发那缕
相思

我一直在远方等你

我一直在远方
站在
那片青绿的土地上
向着北方翘望

雪花纷飞
积聚
在村口的那棵老树上
孤放

落下过叶子
停留过影子
还埋了满满的红豆
曾让相思流淌

采过的果子
飞走的燕子

在那种融洽中
享受幸福膨胀

如今春寒料峭
冰河未开
那还未链接的合页
承载动荡

我一直在远方等你
等你把春天抱满
做百花成王冠
爱我如小河倾诉弦伤

在冬日里洗净铅华

冬日的落叶
已成为根茎的营养
在春日的鞭炮中
苏醒憧憬

那些低落的
不为人知的落寞
经过眼泪的浸泡
在选拔中仓皇而逃

多少诡异
在迷茫的描绘里层出不穷

灯光虽然幽暗
还是照亮了前面那条小道

看清那地带
有红色罪过的门
隔墙而过的放下
如此郁闷的心扉在音乐中翻跶

明媚的阳光
洒在身上,温暖在扩散
那些骨子里的消沉
抖落满地寒冬

一个梦

翠儿
到厨房去看看炉火
先填一点泛一泛
火旺了
再填满煤渣
炉眼不要太大

父亲盖着被子
睡在
厨房后窗后面的过道上
路窄拥挤
挤过父亲的被窝都十分不容易

哥哥说
这点地方
三万八呢

但还是挨着三妈的墙壁挤过去
父亲的话
就是命令
不知怎么进到东屋
灯是暗的
怎么用劲拉灯绳
灯也不亮
邻居哥哥说连线了

忽而看到墙上开关
有点冒火
上东屋门外
一根导火线燃起
噼里啪啦地响得很高

抬头向外看
大火已经对着一个人开炮
坐在门前石阶上的妈妈
在大火冲来时
一动不动
哦，妈妈

我没去厨房
没看到黑夜里屋子里的亮光
只看见

院子里久别重逢的
一语不发的慈母

在一起

你的行动写出来的语言
打动了我
美妙的如一首歌

我醉倒在音乐里
品尝蜜意
幸福的指数在升

你的笑容灿烂
如三月的桃花一片
朝霞似的
映红我的脸

父亲节

今天是父亲节，父亲
您辛苦了
潮水泛滥般的涌出那份牵挂

苍苍白发的您

掂量着岁月的轻重
忽东忽西的光芒
无法照亮心中的希望

明锐的眼睛变得暗淡
暮年承载的颠簸
语言都是负荷
该怎样让君子兰变得鲜活

步步惊心
躲藏着心灵的浮沉

父亲
抓住夕阳
领略夕阳多红多壮

父 亲

两个字
犹如深深的根须
扎在血脉的流动里
厚重有序

每一根血脉
都有您的叮嘱与细语
每一个细胞里
都用红字

写着爱意

心脏
跌碎在气层中
划过一根火柴
才知流星带您远离

亲爱的父亲啊
多少黄土
压着您的肩膀
您都挺了过来

唯独思念成积
压垮了您的泪泉
多少珍珠串成的线
拴住了您的岁月
父亲啊

女儿不孝
握着黄土远走他乡
捏着土末细数时光
蔷薇花的刺
穿透荒凉

您的撒手
更使这层膜暴躁如雷
膨胀的空气
已被击得粉碎

无 题

火车，咯吱声
在晃动中一撇一捺
树，房屋，电杆
都归纳在道轨内

水一弯一湾
田一茬一插
在纵容的电线里
杀灭树的影子

广阔
灰色的天抱着厚重的地
在漫长的岁月里
炮哼一串鸣笛

如同麦茬
把谷穗交在农民谷仓里
如同黄河流域的儿女
把自己入埋归根在土壤里

月亮是夜晚的伤口

你用草叶包着
刚跌落地上的心脏

轻轻抚摸
轻轻抚摸
忽然再次扔掉

它在抖动
毫无节制地诉说
一种冥想
鲜血再次渗出
直到它完全模糊

不敢在花朵上书写
世俗的眼光
那种阴暗中的藐视
那种光滑中的粗糙
是皇帝的新装

你是透明的
我站在云端俯视
空心的白云闭着眼睛
任由风吹来吹去

在麦秆上舞刀的女子

把收回的麦子
聚集成垛
一垛垛聚成的小堆
张开笑颜

是谁
站在麦秆尖端
踩着边缘的细腻舞刀
是否看见
细腻的柔软有泪滴闪现

僵硬的心呐
你是否感悟到它的辛劳
当它把心里的血脉跳动
都交给那颗流星时
你是否还在用僵硬的口气
为自己辩白

它是内敛封闭的
不会宣扬自身的光芒与锋利
不愿独自乘鹤
在寒冷与炎热中
它选择了静默

此时
眼泪与鲜血洒在刀刃上
站在麦秆上
把风当磨刀石
在汗水与血液的洗礼中
磨出刀棱

这是一次怎样的告白

菩提树下
影子在光辉中斑斓
抬头
望着这场告白
脸色微红

不是羞愧这次相逢
在树的狭缝里点燃光亮
菩提的树冠
就是
一张巨大的网

鸟儿在枝头栖息
月光洒在身上
那轮皎洁的月啊
让我眉目张扬
一场盛会

那树下的情景
纷纷扬扬
闭起眼睛
不能让窥视
从指缝流淌

扭动四肢
孔雀已开屏

让风吹起喇叭
鸟儿歌声嘹亮
端起酒杯

在我孤独的时候

稀稀疏疏的斑驳
还在地上
那树下的影子
诉说着那段流年风景

怎样的漂泊
不让柴草堵住时光
风景里的故事
在记忆中剪影

在漆黑的夜里
把那一缕阳光捏紧
不让浑浊
模糊我的眼睛

在我孤独的时候
我会想起谁
那份遥远的牵挂
镶嵌在橱窗的名画里

远方的力量

背起行囊
遥望蓝色的天空
遥想月牙泉的驼铃声声

迫不及待
细数沙漠的温情
脚踏大海的浪漫

举起相机
捕捉日子的流水
描绘心灵的曼妙

远方不远
尽在眼帘
天涯挂满诗篇

第四辑 情绪、冲动与向往

一叶浮萍归大海,人生何处不相逢。

今日，我不想背诵徐志摩的诗

轻轻地，一切都是轻轻地！
犹如天边的月亮。
来时悬在半空，光辉洒向四方；
走时悄悄地移进云层。

当大地沉睡了，
再在黎明前消失！
爱月亮！

又如冬日里的暖阳！
在需要温暖的地方把阳光照亮！
还像春日，
看到沉睡的种子开始萌芽，开花。
心中便
升腾阵阵喜悦！

天边的圆月！
今日
我与你共度一夜！

没有表达，只有沉默！
轻轻地，一切都是轻轻地！
今日我不想背诵徐志摩的诗。

今夜无眠

今夜
我缱绻在海的脚下
辗转反侧
海涛声拍打着久违的声音

一种
熟悉的呼吸
连通我的情怀
抒发在这些浪花上

那些小小的浪花啊
曾是我寄托的希望
当清风拂在我的身上时
感觉如此沮丧

不是逃避
不是在逃避花朵绽放的不美
而是
那个方向吹来的风在呼喊

亲爱的浪花
亲爱的大海
亲爱的五味杂陈
带着这三角梅的清香眷赏

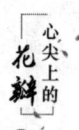

孤独时看看大海

走在海边
当海风吹起我的头发
当身体进入冷气时
我在想
北方一定都已穿上了棉衣裳

海水一涌一涌地滚动
拍打在岸边的回声
让我悸动
灯火次第亮了起来

我伫立在木桥上
望着天边的晚霞
听着天空飞机的轰鸣
身子在风中摇曳
过于单薄

打捞漂浮物的行船者
划着桨从我眼前驶过
木桥远处的那块方地上
几个老人在练拳
游人在晚霞中留影

再望天边的彩云
再听海水的声音
车铃声带着孩童的微笑

在我身旁前行
天色已晚

朝　霞

红日初升
在云垫上发着无限光芒
极力
温暖北方每一寸土地

灰黑色的树木
静默在冬的眼睛里
清冷
依旧炫舞

阳光在放射
光辉在放大
车内我的心
也在放大

从北方到南方
从南方的绿到北方的枯黄
从柔嫩到粗野
从精致到开拓

思维
就像太阳的光圈

一圈一圈
涟漪般呈现

这是一场怎样的修行

用整整三年光阴
虔诚对待
菩提树上的每一道纹理
把快乐的
伤心的
都刻上颜色

当阳光带着墨镜
晃动
粗野时
我用清纯的
自然的山风
紧紧环绕

当炽热
在周边放射
每一段故事时
都在跳跃
都在燃烧

大大小小的叶子
都是

仓央嘉措那晚
雪中的脚印
或者
是那高山上的一段素琴
久远着悠扬

此刻
亲手折断
这丝丝缕缕的玫瑰
用一张洁白的纸
包裹

然后
扔进火炉
燃尽所有的记录
摘上这片星辰
放进衣兜
背起一盘放置已久的棋子
开始旅程

如果你也落泪

黄花落叶瘦秋风
多少次
帘卷门框
把酒栏杆嗅菊香

旷野千秋荡
折扇藏身旁
衣襟湿时待用场
今尔何处向

离群独去回头望
寂静之处
沉默琢一影
对墙花暗情绪漾

等

从春到夏，从梦中到梦醒
周而复始，秋叶飘零
伟岸的身影还未到来

那一弯微笑
定格在记忆中
嵌着久远的细雨
丝丝绵绵的流淌

潮湿的季节
诗意在文字里疯长
折服彩色的胸翼
要你来观赏

多　想

多想成为一棵移动的树
在你眩晕时
作为依仗

多想成为一名钟点工
在你饥渴时
有热水可口饭相迎

多想是一部神奇的随身器
在你血压升高时
及时给予提醒

多想是冬日空中的阳光
在你需要的时候
温暖照在身旁

多想
多想成为孙悟空
七十二般变化随你用

人　间

路灯下
走来走去的身影
重复着
千万句语言

与其窒息
不如在沉痛中
寻找
一根栏杆

怎样
在昨夜星辰中
写下
一行诗叹

关于
人生或者幸福
关于
人品或者性爱

无　意

落叶纷纷分几层
满地堆积

由谁还怜惜

乍暖还寒时候
最难将就
花谢留冬春不由

也有春争俏
枝头摇曳
风走雨浸透

无意增新欢
绿意盎然
只把红花绽

无　题

一人一伞一雨天，
一湖一路一诗绻。
雨声滴答斜风伴，
独自句泛滥。

一天一躬一地栾，
一湾一楼一闲掩。
西子湖畔犹眼前，
许仙画面展。

一花一草一世间，

一鸟一物一普陀。
五缘五桥可穿越,
冷雨我独寒。

怯懦

光阴
在眼镜的审视中度过
有过浅薄

浅薄的岁月
牵马逛街
驻足江河

江河的博大
透射鄙视
如尘粒

摘下
那颗带血的心脏
放在太阳下洗礼

阳光下的影子

许多植物的名字
写在叶子上
许多高大的建筑
矗立在其中

行人匆匆
表情写在脸上
运动的人们
一身刻着轻松

车流喘息
生命进行着交响曲
追逐晨光的人
胸前都有一个大字

沉郁在水中的鱼儿
露出头来
美妙的阳光下
有一个徘徊的影子

在十字街头

徘徊在十字街头
看行车流水

不知另一端的那辆车
行之何处
天边的白云在变换
其中的一朵久久深藏角落
忘了自己的身份

吹过来的风是清凉的
适合夏日午时的需求
街道的对面光鲜
是否该是选择的方向

奔波的趟数多了
才知世界的博大
思想洗礼得勤了
也懂得该放下的放下

十字街头
众说纷纭的传说
稳定步伐
走向该去的地方

笑靥惊动了四面风

多少个不曾起舞的日子
纠结着黯淡的影子
拍一百个手掌

不见光亮响

鸟儿飞过的地方
停歇过爱情的模样
沙漠的干渴
是我曾经的隐痛

用一粒尘土
凝听空气的流动
那战栗的语音
惊动了四面风

叶子在灯光下摇曳
是你的思念
我的思念
是你我含笑时的紧紧相拥

满地落花成音符

落花满地铺，落花满地铺——
纵有艳丽无数，
谁在乎？

秋风独，秋风独
阵阵晚雨怒——
无人把花扶！

一年一年秋又来，
明年春花为谁开——
谁又远名慕？

满地落花成音符——
跳跃五线谱，
谁会赴约填新赋？

让四季尽量分明

蜜蜂与花朵嘤嘤交吻
那种欢愉只有蜜蜂与花朵知道

蜜蜂远离花朵的痛心疾首
只有花朵会意

在相当长的日子里
学会各自整理情绪

所有的过程
匍匐上某种花香与动力

让空间尽量缩短
让四季尽量分明

春天,放牧一次心情

咯咯吱吱的疫情已收敛脾气
在虎视眈眈的对望中
春天打开了话匣子
——你能隐匿终老,最好

于是,在桃花的呼朋引伴下
百花露出了久违的微笑
那一脸脸明朗
释怀着风景

在这里点一处绿,在那里染一星红
把世界的甜美融入心中
端起红酒
为健康干杯

打开这扇窗
视野一片片光亮
打开这扇门
心灵放飞于辽阔的天空

一书一茶一知己

桃园,落叶纷飞
蹲身拿针穿花瓣的女子是谁?

长发及腰,一袭白衫
远处笛声飘来,风打着节拍

长亭外,台阶上
纤纤玉手,谁在掩书冥想?
目光凝到处,蝶儿在飞舞

桌上茶气正浓
飘在隔壁的清香
仔细盛在盒子里珍藏

这胸前的三生石
是否埋下机关
穿心剑
就在姑娘的花瓣串上满弓

不负岁月不负卿

任由光阴流逝
江南的石板桥上还刻有你的名字

那些风景与故事
在马蹄声声中叩响

你我形如天上的太阳与月亮
各自都有自己的轨道与方向

在流星交汇的那一刻
你我互放光芒

半亩方塘，一枕清欢

菩提树下，一对情侣
对望的眼中清澈出海

树叶颤抖的回音
璇响着一首春光妙曲

那梁祝的片子放演
枕边打捞清泉

穿越几个世纪，双手合一
隔过时空，你我在耳边私语

时光温良，岁月静好

鸳鸯茉莉的清香
感染了整个过往的来客
它在用一世的爱，呵护困顿和愚蠢

智能屏幕播放的太极拳
正在模仿中交头接耳

被微笑吹过来的风轻轻抚慰

一个来回
足以让鸟雀归巢
开起的和谐会议，回荡在山谷

阳春三月，安暖前行

三月，我去踏青
在明媚的春光里捡拾新生事物

鸟儿在天空中打着侧影
孩童在地上放着风筝
鸽子咕咕叫着

整个忙碌的人群
在春天里出没
车各自飞行

我在春天里奔跑
拉起光的臂膊
在鲜艳的万物里打滚

春风十里，不如有你

杨柳依依，绿烟四起
长椅上，堤坝里
都写着诗句

读书的，唱歌的
游泳的，绘画的，钓鱼的
都在诠释心里

一边伴着游水
一边理着思绪
尽管春风十里，而我，只要你

耐住寂寞，守住繁华

小屋，整日整日徘徊在山崖旁
滚烫的脚底已有许多创伤

山对面的那棵树
是否可以挡得住风雨

路途遥远
山谷的脾气越来越大

想起"生命桥"中的老羚羊
寂静的小屋，有了力量

念你冷暖，懂你悲欢

笛声，悠扬在林子里
竹林碧绿
水绕着竹林潺潺流淌

一个孩童，手中抓着蝌蚪
放光的眼睛
对着洗衣的母亲

谁在溪边的茅草屋里
把锅碗敲得老响
嘴边的月牙向上

笛声，笑声
抓蝌蚪的嬉戏声
女人的背影，都在阳光下跳跃

时光渡口，莫负韶华

左脚还是早晨
右脚已跨过了夕阳

流水似的光阴
在海上露出爪牙

在涟漪的涌动中
在灯光的跳跃中

广袤的大海上
望着天空，时光无法撒谎

第五辑
寄托与火花

流光一瞬,华表千年。

深红色的玫瑰

1. 我愿意

从遥远的地方来
越过层层山,蹚过千条河
燕子的问候
山河的亲昵
足以让这片深红手舞足蹈

途中
曾遇多少次饥渴
梦中
曾跌落悬崖
尽管这样
还是望断那轮明月
来经受坎坷

2. 预设

不知是不是报复
就这样预设一模一样的情景
在荒野中
静候孤独

撇开世俗不说
用执着进行实践

那冒出清泉的井水
如此甘甜

此时
在沉默中等待
还是不属于自己的戏台
角色继续演绎

3. 是不是

为什么
在如此反复中反复
真相已显露
棱角已分明
可反复还在继续

是不是
折磨中折磨得还不够
是不是
心中的烙印还不够滚烫与疼痛
是不是已患有脑残
自己却还不知道

4. 折磨

眼睛尚未完全睁开
在迷离中

大脑严重缺氧

坐在摊前
闻着不该闻的气味
是否想到
它属于世俗
而不属于我

不一样的针尖
刺在同一个肉体上

5. 燃烧

斑影照着我写诗的本子
手在光影中抖动

叶子的心已冷
花儿不知去向

拿什么资本束住这团火焰
好让心不再燃烧

6. 纯洁

尘土在飞扬
溅在光束中
颗粒特别清晰

一个人的心灵
虽然安于脏房
而心房的洁净
决定着它的纯洁

7. 叶子是叶子

总是在疲倦时按摩自己的眼睛
因为我不想瞎
还是想让公务繁忙的大脑停歇
想一想未来
或许
当事实足够分明时
叶子是叶子
根是根

8. 深渊

手机关了又关
一次次警告
用带着鲜血的眼睛

我还是把它放在手边
生怕一个激动
让它掉进万丈深渊

9. 静默

事实上
眼睛确实困了
不给人喘息的机会
带着秋思
失落在月下

闭着眼睛
把兔子还给嫦娥
悄悄离开桂花树
找一处
可以回眸凝思的地方

10. 孕育

说了一些不该说的话
做了一些难以理解的事

小鸟累了
停息在电线杆上

秋季忙碌的人群
每个人都有自己的方向

而我
坐在虚拟的时空里
孕育着无

文字在低唱

扶着时间
在蹉跎中感悟
言行
在光阴里舞蹈

石径、大树
角度决定方向
雨声是润滑剂
不必声张

骚客放歌纵酒
借着月光
不说地理怎样万丈
对影成行

不提手术刀
精神足以证明
大树是挺拔的
沉醉中，文字在低唱

在尘世间吸纳

最怕的是时间
不管你走多远

它都拦在你面前

所以我卑微到尘土
用尘世的每一缕风过滤自己
让自己在沉寂的隧道里低声吸气

时间
一次次开着过激的玩笑
我背叛它的同时
它用同样的方式对抗我

炽热世界
面对火苗蹿戳的空间
抬头看看
再低头在尘世间吸纳

披在云层里的笑脸

跳跃了多少
花朵仍是花朵
米兰仍是米兰

那绚丽的背后
切莫相信芬芳的谣言
哪怕是冷漠

玉兰花是君子兰吗

菊花不代表玫瑰
把酒临风的快意

把一张白纸
贴在那张肆意的嘴上
写上狂妄

当你得到慰藉
当你正自以为是的时候
可知灵魂已经出窍？

生如夏花

凉亭、瀑布、台阶
人儿、鱼儿、水花

藏在亭子里的事物
捂着耳朵微笑

池塘的绿苔
喧哗着流水的笑颜

木梯上的诗句
加着顿号跳跃

水中的鱼儿
飘逸着舞姿潇洒

双手把风
吹出十里桃花

生如夏花
日子系着太阳的尾巴

那年那月

那年寒风刺骨的夜
让路无法延伸
遥远的行程隔断了月的寒凉
迎风破浪

那月紧张
用辛酸抓住光芒
光辉洒下去的影子
一路冰凉
心脏在跳动中奔向远方

风在雪夜中流放
唱一支悲愤的歌
标签在月牙上品尝

看似耀眼的星光
穿着黑色的衣裳
躲藏那双磊落的目光

拥抱岁月奔跑

珍藏在记忆深处
不愿丢掉
空间太小需要清扫
无奈，只好抱着岁月流淌

前行的道路坎坷浮躁
低下头来用心思考
不做比较
只要把自己做好

天高高的
从不与水计较
云悠悠的
告诉你如何逍遥

此处彼处
都有一方净土
高兴时添加诗谣
郁闷时眼润心焦

把雨后彩虹当作犒劳
披肩照相挂在墙角
独处时瞧一瞧
自己曾经闪过光当过桥

且走且珍惜

当花香溢出栅栏
鼻尖摸着汗水晶莹时
笑容
惊艳了四方

早晨的阳光让那些爱美的花儿
撑着清风在潇洒里运动
捧一曲清泉
感动生命跳跃的方向

不是非要在台阶前灿烂
是山上的律动拨响心扉
本是沿路小跑的
直到火焰的光芒照亮

清新的语言在树上开花
告诉蓝天傲骨铮铮是什么
清空浑浊的气息
让一颗自由的心灵潺潺流淌

姐姐,我在哈德宫等你

姐姐,我在等你
用我所有的赤诚

姐姐，我在哈德宫等你
不在海子所说的戈壁滩
不是海子说的德令哈

等你，在口中说着
心里的忌讳和阴暗逐渐洒进阳光
时间像巨大的陷阱
深渊无顶
姐姐，姐姐，我在哈德宫等你

眼圈一圈一圈地沦陷
海水一次一次地泛潮
哈德宫房顶的炊烟在冒
姐姐
我的歌声是否走调

不知是酒在乾坤里打转
还是乾坤在酒里打转
所有的味道
都砸住了玫瑰的脚
举不起来的鲜艳

跳舞的泪光

灰尘迷进眼里
千万不要揉，记得
手上也有病菌

用镜子照照，或用清水洗净

灰尘近似疯狂
此时如果摸不清方向，千万心别慌
风是短暂的，让沙尘尽管狂舞
风停时它便没了嚣张

眼泪能够跳舞
是因为清澈的双眸被遮挡
眼泪能够旋转
是因为纯洁被污垢粘上

不要管风沙是否还会吹起
骆驼的眼睛足够负载
不要管眼泪是否有委屈
晶莹的透明足够跳跃光芒

走与留

你来与不来
我并不强求
你去与不去
我并不强留
得到与失去的
都已成为平手

你来握住我的手

不喜不忧
你走向我摆摆手
不悲不愁
握手与摆手都曾经拥有
走与留都不烦愁

表　象

树梢起劲地比画着
告诉下面的兄弟姐妹
自己如何看得高远
兄弟姐妹随着它的带动点头哈腰

小鸟们叽叽叫着
从远方飞来
看到如此庞大的树冠
决定到此落脚
稍一站稳
感到了玄幻

喝一壶风品尝

在寒霜里喝一壶风
品尝生活
刺骨的冷冰凉了牙齿

勇攻喉咙的堵塞

浸入五脏
感受撕心裂肺的抓狂
坐于云端
用纤纤细腕斟盏

盏盏透出感叹
把仅有的温度存储
关键的时候
跃马作战

空调从远方来

冬天里的寒风裸露着身躯
在万物中蹭窜

遥远的地方飞来一只空调
放出热气的同时亮出高分贝

这首含糊的带着引诱的歌调
是否是值得反思的

那一声战栗的问候
让人从悬崖边返回

雪洗净了天空

今晚的月亮好圆好大
我站在校园内仰望
周身异常显得空旷
斑驳而跳跃的心
压得冬青吱吱作响

洁净的天空
清澈得像一汪水
跳进去能摸到水底的蓝
海星海象还有北斗勺
这个夜晚如此灵动

雪花的洁白让无暇追随
把牵挂做成金色的风铃
镶嵌于夜空的星星
装饰着美，摇曳着婵娟
惊得大地口呆目瞪

孩子的笑脸
你的安抚
都变成丝丝温风
吹拂
直到铃声不停地响动

走上楼台，进屋依窗
喷喷雪冻的声音入尽风的亲昵

深邃和着皎洁的白辉一起
弹奏一曲
二泉映月的凄凉

我与自己撞了个满怀

今日天气尚好
所有的温风只为我吹

瞧，太阳偏爱我了
中午时分聚在教室里的话筒
全发出了一种声响
没意见，很满意

温婉的语气是如此惊蛰
我惊讶自己的内心
土壤如此丰厚
竟与自己撞了个满怀

谁让你们把我的阳光拿去了

下课了
阳光照射在北二楼栏杆旁
同事们仨俩站在其中
沐浴着温暖

上楼
看着她们在扩大光辉
我也被围拢其中

空间被话语充满
阳光注入身体
走起路来感觉都是柔软的

阳光拴住了柳树
柳树关注着人物
人物在光芒中融化了

用尺子丈量时间

一毫米,一厘米,一分米
一分,五分,十分
小睡五分

如果用尺子丈量
竟然从零开始
也惊骇

壳在时间中游走
跌落,在尺子里
任白发锃亮

掬一把黄花,百草

不小心
冷了一地凄凉——
我欲用风的热情补偿
入尽无限情的分子
融入与禁犯思绪的翻滚

岁月如此不堪一击
就这样——
凄凄惨惨戚戚
渡过黄花秋日
红叶飘落,百草劲升

闭着眼睛赶骆驼

苏醒的那一刻
手提鞭儿
训斥草原的一群骆驼
狂奔

绿色原野
在广阔的空间里打转
或喜或悲的信息
骤感

宁静的蓝
让飞来的大雁搅碎
正在翱翔的雄鹰
闭嘴

草原上奔腾的骆驼啊
是神的孩子
勿用凡人的眼睛审视
甩鞭

第六辑
虚无、冷静与心扉

人生如棋,落子无悔。

行走在尘世

悲悲戚戚
跌落在一朵莲花中
一只温暖的手
拨弄升腾
以优雅的姿态开放

抛掉世俗的眼光
用光速穿透人心
明艳的总是鲜亮在高空
空白只能惊艳于恐怖
用流水洗涤

不要只看到黑暗
等待黑暗的永远是黎明
用平常的莲子煮粥
融入莲心的
是家的味道

撇开繁华
步入尘世的清凉
空旷的视野带给自己的是收敛
看看这些铜戈铁画
渺小晶莹眼底

默默倾听花开的声音

你的美丽
让多少抚爱驻足停留
清香扑鼻时
是你最赤诚的语言

我爱倾听
所以常常深情地凝望
不是因为你的清香
而是因为你的梦想

你的无私
倾倒多少仰望
你把青春呈现给大地
让大地竞放光芒

有时
我对你低头冥想
怎么如此豪放
对着高空我看到星光

你的阳光
让压抑暗黄
你的风姿
让我灼灼赞赏

曾几何时倾吐流浪

此时
流浪的路上有你做航
心情要像花儿一样奔放

悠悠飘扬的尘子

一颗尘子
在世间飘扬
飘啊飘
看看大地的尘土
何去何赏

走上的路
摇摇晃晃
坐上的车犹如
海中的浪
这颗尘子的心呿
在沉默中压抑成浆

尘子依旧飞扬
在风中，在雨中
在炽热的太阳下
在温和的柔光里
四处寻藏

尘埃
是否刻有印章

痕迹
是否注定标榜
落定时
是否不再飞扬

黄叶喋喋是非休

在绿色的草丛里
一叶黄
流露了心扉
不要说
肯定是枯萎的岁月在焦虑

伸展的
卷曲的、佝偻的躯体
从条纹中谱写出的壮歌
不再倾吐心声
敷衍塞责
不是你的罪过

可以看出
你与绿色的契合
深藏着的心事
让绿色的草坪追捕
束手就擒

循环在橡胶跑道

深深浅浅的脚印
衬托着落叶的孤独
深呼吸
用匀称的步伐丈量那份心事

用一阵风的功夫吹嘘我的罪孽

记得一句谎言
是天空写下的
它说
时间比过江河
天空大过谎言

我不相信
谎言怎敢和天空比较
就如
喇叭花怎能和唢呐比笙箫
谎言铺天盖地的织成了网

是的
一时分辨不清
就如商场绽放的梅花
鲜艳在那里
美丽妖娆

时间
在纷杂的世间

熙熙攘攘
我用憋闷的鼻尖写下
虚空

恍惚间
我在世界中玄幻
那湖中荡漾的小舟
被一种风卷走
这是我的罪孽

那一抹悸动的星空

窗外
空阔的地方
有一星在飘
挥动的肢体打破黑暗

我在
三楼的窗口
环视周围的欣然
搜索引擎的是一个老死的问题

怎样向苍穹索要
怎样向死亡伸出拳头
一颗怦怦跳动的心
正在僵硬

那一季星空
在飘动
炫着光彩
绕在我的身旁

端起苍穹
手握晴窗
所有的死亡在跳动
那一抹悸动的星空变了颜色

踏在这块土地上

听着风声
沐浴着阴雨
带着胆怯与希望
踏在这块土地上
用不安躁动的情绪附和时代

那花的颜色
那草的味道
那段围墙的精致
用普通的眼光预订花的芬芳
有点仰望

那么大的一片绿
踩在光阴里
左右上下地观望

所有的大大小小的程序
都在按需进行

收拢额前的远视
放飞的纸鹤担着点忧伤
或多或少的责备
在心中无限放长
直到寻到那条系着故乡的守望

七　夕

我把想说的话
藏在背后
用一只手捏着
生怕语言掉落草丛

手握鲜花
触摸未来
一树树花开的篇章
积淀着你经历的容颜

我微笑
揭穿空中一粒粒尘子
扔在天边
任海浪拍打洗劫

用淋浴的湿浸润身体

让花香滑入骨髓
七夕
喜鹊对着我笑

我用一分钟排泄懊恼

不是
所有的风都是温顺的
此时
寒意浸身
怎样驱逐
这道邪气

对
它不是空中的风
半夜
我用温馨的语言
安慰自己
这朵枯萎的花啊
闹腾

浇点水吧
根须已死
看着
窗外闪耀的星星点点
想到儿时的单纯与幸福

在此时病毒与清新之间
我决计思索
久违的钥匙
此时
需要打开

不是
每一处空气都是纯净的
在污浊之中
戴上过滤器
在混杂中
打开思维

不是所有的人都是玫瑰
花有的没有清香
当接近时
思忖
它的品种
它的个性
以及
是否发放正能量

你说，你想我了

你说，你想我了
像路灯
从黄昏到天亮

像南方的植被
一年四季常青

我不相信
可是
从黄昏路灯亮起
一直亮到黎明
那种寂寞与孤独
真是凄清

我不相信
可是
南方的植被
一年四季常青
各种花儿
特别靓丽

抬起头
看着满树绿意
你的心思
都写在
被遮隐的蓝天里

云遮雾罩的诗意
一会儿聚在山谷里
一会儿升腾云端上

我让
飘忽的思绪

搅拌发酵的面粉
做成月饼
挂在玉兔的脖颈

这不是秋霜满地

满地白色
这不是秋霜满地
徐徐的风告诉
这是一片洁白的澎湃

满天星星
在深邃的天空
放着光彩
那颗守望故乡的星宿
冲我眨眼

那一朵朵
天空的棉絮
小山似的
堆积美

我在美的形状中沉醉
在黎明的空隙中
凝视你
无言的深邃

爱你
在晨曦的模样
静谧的　环绕着光亮的语言
内在的靓丽在不断溢出

心冷了的时候

窗外的建筑在渗血
那根根露出的钢筋像一束束弓箭
扎进自己心窝

城市的喧嚣被小小的口罩收走
就那么轻轻一拉
整个世界失语

一只鸽子飞来
落在窗前的树梢
眼睛里游弋出黑色的云彩

三　月

三月的光照冷色发青
它为何还停留在料峭的深处

这是三月中百花闹腾的一处沉重

但花的色彩,传递到人心里
有几朵花渴望被带走

口罩中露出声音
看,路边花丛中长出的黑色荇草

嘤嘤嗡嗡
酿造已久的秘密被杀出一条通道
大地长出了翅膀

春雨过后

阳光在每片树叶上打滚
树与树
孩子似的做着击掌游戏
健康步道旁的枯树笑出了舌头

清澈的空气过滤了口罩上的压抑
高大的建筑伸直腰
轰隆隆
剃须刀迎来了人字形飞来的燕群

无 题

落光了叶子的花朵
视野越来越小

驻足抚慰中
鼓足勇气，寻找

暖阳里

终于可以来看望你了，朋友
黄花槐，火焰木，杜鹃花
红花檵木，红樱花
还有许多叫不出名字的

三个月的时间，你孤寂在抱怨里
还是，很理解时事的创伤
此时，愈合的心扉在笑吗
来吧，我约你舞蹈

一群人
从关闭的房间中冲出来
空气感到了窒息
氧气躲在人们的鼻孔里欢笑

条形石上，健康步道上

都是活泼可爱的小燕子
飞着,叫着,掠过
嗖的一声
惊动了整个春天

太阳滴血了

所有的植被不动了
幽幽的深处
一片冷

这样热的夏天
谁和绿色有纠结
不让花衬托

花哭了
泪水化作蒸汽
升腾

太阳累了
太阳的心脏生病了
血滴滴渗透出来

未打开的心结

这么美的花
长在黄绿相间的叶子上
莞尔微笑

红色的青春
荡漾在花丛
一朵朵鲜艳的彩霞

丛中
一枝条深紫色的装束
阴郁着

它说——
心结未打开
只想含苞,不想开放

一片凋零的叶子

半世漂泊半世笑,
零落尘土。
斑驳影子阳光照,
背朝阴迎恼。

无计

次次上眉梢
日晚春尚好，
曾有多少风华绝少？

独渺，独渺……

无端欢喜，也无须伤悲

振作起来，做一个独特的女子
在独立中行走，在沉重中昂首
不是一把刀就可以杀戮那些悲喜
不是一个形式就可以让过往转瞬不见

杀手终将是杀手。他无法改变事实
给他一百个理由，他还是元凶毕露
何必纠结在此怒斥火花
刻意独守，不是活着

还是要摘出明艳艳的花，闻着它的清香
感受生活带来的妩媚
看着春天这些绿色的丫儿，花蕊含苞待放
无端欢喜，也不要再次伤悲

千里之行,方知肚明

空气里的语言,未免有些虚拟
整日里泡在酒吧,做的都是无用的事情
说一些陈皮芝麻,丢一些身边琐碎
没有一样是上帝安排的必须

与其随风飘荡,不如与世聚流
我用一百个青春换不了那点挽留
深恶痛绝的不是你的胸膛多么黑暗
而是宇宙的心脏被你污染

天大地大,不如用手指丈量
语言用海水浸泡出的黑
渲染了多少流年光彩
就这样,在污垢中徘徊

终于疼了,在徘徊彷徨的路上
知道了山石的痛楚
知道了河水也怕侮辱
没有比鹅卵石更像样的东西了

回避的原因

多少事情,都可以把黑暗变成黎明
那是生活的一种走向,也是一种必然

但并不是，整日都在桃花中围观

逃荒不是缘由，只是一个借助的路牌
或者，还可以回头当作躲避港
来之不拒，进行小儿游戏
把橡皮泥当作生活的奇迹

不是所有的脑子都是橡皮泥
都可以灌水浸泡
都可以拿来搓捏，风识破了伎俩
笑语中，蜜蜂停在了花朵上

关掉所有问候，只放飞一句星空
把所有的摆设撤离
天空，月亮，还有星子，暂时收藏
问候失去意义

终于关上这扇窗

本来在窗前观看了太多风景
鹦鹉学舌，鸟儿嬉戏
雨水呵护大地

窗外的河水漂流着信念
信念中的生命，在羽翼的支撑下飞翔
飞过高山与江河，还有荆棘

那房子里的事情，情趣，鸟语
还有无数鲜活的场景
手臂折断在刀把上

关起这扇窗，遮蔽那堵墙
但带着的羽翼还是不能停落山岗
打开那道门——看，太阳！

步入轨道

燕子去了，还有再来的时候
一些流年长出的青苔，也有晒干的可能

亲爱的，不要在自己的脑瓜上动刀
一不小心失手，回眸便不再遇见

太阳已经升起，趁着东风早起吧
放弃包袱，拿一把刷子在天空喊叫彩虹

一世浮沉，即便都是赤橙黄绿青蓝紫
每样颜色，也不见得都会在心坎上擦亮

繁荣的海

手中捧着一轮太阳
心中全是希望
沉静了几个世纪的土地
盛开着跳跃的音符

多年郁闷的村庄
挺起自己的胸膛
土地上耕耘的老农
种出了星光

人们忙碌的身影啊
就是中国繁荣的海
蓝而深邃

诗的意象就是一片阴影

多年以来,我依在天边摘星星
星星说话、微笑的样子
让我忘记初衷

星星的房间真好看
床单铺在天空,白色的云朵穿梭在其中
或上或下地捉着海里的鱼虾

星子捂着嘴巴跳动
把眼睛折射出来的光串起来
放在期待已久的我的心房

笑着,我眼睛的泪
流过腮帮,流满一池湖水
静静地俯视水里扭动的阴影

彳亍

侍弄了几天的花草
鲜鲜嫩嫩的,总是对着我羞涩地笑
一品红的热烈,凤梨的清高
文竹的小性子,一叶青的文雅

我在它们的包围中
俘虏着生活,品尝着活着
它们的高傲与矜持
真的与苟且不能等同

我彳亍于一种直觉的感动
怀疑活着的卑微
无端死在花骨朵手里
花骨朵和几片叶子,落在花盆表层的土壤上哭泣

一字不提

这棵爱表白的花儿走出人群
脸上透着诱人的鲜嫩
红扑扑的胭脂,绿色的菱形衣服
格外醒目

一个房间的风景
遮盖了所有的黑暗
打开灯
花身上的韵味一层层沁人心脾

你说
烦恼陪伴时,它蓄意芳华
你说
春华秋实时,它来之不易

你爱花
为它付出一腔热血
用太阳的光辉
呵护它,对我却一字不提

一种罪过

窗外,飘起片片白色飞絮
阳光把自己的挚爱

透过玻璃
双手捧了过来

光辉抚摸着阳台，包括各式植被的筋脉
其中一棵叫兰草的绿
用一根叶子的锋芒对准了我
斜着眼睛说，这才叫爱！

面对一片叶子的纤细手指
我低下高傲的头颅
确实不假
我的灵魂在大火中熊熊燃烧

涟　漪

上午买鱼，进入菜市场海鲜部
师傅把我看中的活鱼捞出
在木板上拿刀敲了鱼的脑袋
放在电子秤上。
说，14元。

可我看到鱼的全身还在闹腾
他动作熟练
无声中把鱼又放在一个白色塑料筐里
砧板上，拿削皮刀去掉了鳞片
拿剪刀剪掉鱼鳍，鱼尾巴闹腾得欢。

打开鱼的白色肚子，掏出内脏
一股血水从鱼肚流出来
浸满鱼的全身，装在袋子里，
又套了一个袋子塞给我。
我呆了——这就是一生！

头　发

隔着窗外翻飞的白
看到对面大楼一层层的玻璃格子
里面的人
是否和我一样坐在窗前独望

篮球在拍打着孩子们的笑声
尚好的阳光在晚春下午四点翩翩起舞
拨弄一个又一个
憔悴而又多愁善感的明媚

谁在洞悉
一根头发背后的故事
谁又在一个个表情上捕捉太阳的风景
事态凝重，故事在急剧上演

我从未远离

大海,湖泊,山川,河流
整天在我心中

蓝天,白云,太阳,星星
栖息在我脑海里

狂风大作时,一种本色
我的手脚麻乱

夜色温柔,我的风景依旧
看着水的月色,道一声——
我从未远离

第七辑 孤独、坚守与美好

凡是过往皆为序章,
所有将来皆为可盼。

晴窗一扇

说过
花丛中
自己比蝴蝶美丽
因为素雅中的芬芳

说过
火车的距离
比天空还要辽远
因为自己曾有过飞翔

不曾
有大海的辽阔
不曾
有天空的高艳

拿起来
放下去
反复看着的那片晴空
还有那个点
需要用绿色来放大

孤独寂寞孤独雨

清明节的雨水
凉过了江河
穿透了胸膛
是的
就这样冻结地哭

不是寒冬
对的
南方没有冬天和北风
是清明节的雨水里
渗着雪花的筋骨

没有去踏青
这里一直绿树盈盈
不曾见过
迎春花上
有蝴蝶无赖耍酷

雨冷冷的
冷冷地
落下满地过往
是不是
亲人在墓地摆出忧伤来诉

犀利的私语中
鲜血满地

不用动刀
不用
或许都是甘露

主要是心脏受不了

一遍遍
你从浪涛中走来
把记忆深处的琴弦弹响

颤抖的心扉
无法遮挡这种颠簸哦
一次次跌落在海水里浸泡

从第一次到现在
从红布条到南方的炎热
都在浸泡的浪花里滑上滑下去

打紧卸下这抹愁绪

不是
所有的云彩
都无归途

不是

所有奔跑的车子
都有方向

卸下愁容
抬头
看看鲜红的太阳

透过早晨的露珠
观看它的晶莹闪光
那是
我用微笑积淀的珍珠

拉着孩子散步的云彩

这么晚了
瞧
云彩还在散步
左手右手
拉着撒娇的孩子

月亮笑了
瞧
调皮的云彩迎上去
拥抱
再跑到妈妈身边
咯咯笑

甜甜的声音
传给
依窗看月的人
殷殷的悦色
洒满
一地光辉

依窗的人儿
熟睡的人儿
开车奔波的人儿
赶文件、赶设计的人儿
听着月亮唱给云彩的歌
都看到了星光

散散点点

当寂静
冲破思想的种子
发芽
迅速萌生时
泛滥
决堤的是记忆的闸门

三轮车上
本应
让五月的槐花香
飘进心房

秋收场上
本应
让丰收的五谷
堆满囤仓

这么美的槐花
这么美的五谷杂粮
却让
你的一口污浊
却让
你的铁把儿飞出

锁定
那个五月的寒谷
定格
那片苍凉的雪地

风呼呼地
语言写在空气里
花蔫蔫的
香气死在春风里

思想的影子

闪电雷声之后
灰蒙蒙的天空留下痕迹
虽然
没有只言片语

狂风暴雨之后
大地到处一片狼藉
虽然
疼痛已隐去

要不要回过头
闻一闻
你留下的气息
不是玫瑰香
不是法兰蒂

要不要回转身
伸出手
把燃着的爆竹收走
放在
你的心上

大鸟
在天空中折断肆意
海浪声声
浪花

喝醉了酒

我躲在
月亮的阴暗处
梳理这些
难以下咽的
影子

为什么我的心那么痛

屋子昏暗
刷刷的雨声把痛苦包裹得更紧
不是说走就走的飞影
如果是
不再提曾经

那把葱还在
锅碗在油烟中已经变形
那一粒粒小米的故事
足以让整个森林狂愠

时间挪在现在
岁月在结痂的咧嘴中打着喷嚏
风从远古来
带着野味

只好在荒芜中辨认

哪一棵草指向北极
哪一株花含着苟且
放任恐怖在荒野里随意挥霍

屋子昏暗
刷刷的雨声紧抱着寒冷
没有办法
让荆棘中长出的语言
不直入心脏

立 春

今日立春
大数据的变更
仍搅怒了春日的冷

往年的春节一团祥和
话里话外，门里门外，阳光明媚
春色涟漪着体健与活泼，开心与快乐

今年的春节
家家关门闭舍，封城，列车停运，百姓惊恐质疑
春色也在这场战役中消耗着体力

是的，今日立春了
沙沙的春雨不忘重托
她要把所有的病毒洗去

还世界一个清净

思想上的、嘴巴上的，还有灵魂上的

爱，足够彻底

想说我爱你
却不自信
仅仅是坐在家里，想着你，惦着你

你在前线
火神山、雷神山等医院
用生命与"敌人"抗衡
为了我们的父老乡亲、兄弟姐妹

你午餐吃了吗
你又是连续九个工作时间吗
你有没有背着亲人悄悄哭泣

你的脚肿了吗？
寂静的夜晚，你摘掉口罩喘息了吗
你想你自己的孩子、丈夫、妻子、父母了吗
孩子，失眠时。你一定想念你的爸爸妈妈，是吧

我很爱你们
却不够自信
因为我只会作诗

我只会尽自己的力气呐喊

那些病人啊
快点好起来

别放弃，一切会好起来

节令不向旷野里的枯树低头
立春在雨的洗礼中醒来
大地在准备春装

红的，黄的，白的，绿的
都会在复苏后欣然睁开眼睛
告别五味杂陈的酸楚

不可磨灭的过去
写在动物身上的炸弹裱在框架里
那不是二月欣赏的风景

是庚子年里
二月流光闪过人类的恐慌
是冷静过后百姓期盼的繁荣富强

活着真好

燕子去了,有再来的时候
草木枯了,有返青的时候
而你——
亲爱的,被NCP拐走,永远一去不回

小屋里
书本注视下的你如此贤惠
故事里的悲欢离合都暂时搁浅
望一望身边的亲人
你在码字,他在狂草
彼此一笑

静静的小区
藏起了所有人的曾经
2020的春天是一个转折点
琐碎与烦忧都在疫情的用力洗礼后
苍生,变得有序而笃定

那些城市的伤口
逝者一一把残忍搅碎,托举成碑
勇士在穿梭中坚守与付出
天使染绿了春天

书声点亮天空
兔子在鸟雀的鸣叫中蹦跶
桃红柳绿的长堤
在十里春风中盈盈细语

利　剑

一座大山，尽头是悬崖
雾气缭绕的山谷
谁站在悬崖之上
凝视，对岸天空依然泛着蓝
是什么让他恍如隔世

背后，蝙蝠成群
黑压压的眼睛拔出
鲜红的利剑

抬头，苍穹，宫殿
众神正齐刷刷排在玉帝两边
悟空，一个筋斗赶来

写给 2020 年的春天

2020 年的春天，天气寒冷
心也是紧绷的
——
拿起手机
连续添加春天的微信
添加了很久，她才点了确定
并发给我一条信息
——

"我生病了,正在医院接受治疗
朋友,请你不要为我急躁
此时,我已经元气大增
等功力恢复
一定会把你去找"

武汉,挺住

一道道白色闪电
炮轰着围城
整日刷屏

森林翻滚时
已经抵达
手掌抚慰蓝天下的黑影

空气是一墙防线
云层在硝烟中过检
机声雷鸣

海水暴涨
幽隐的灵魂
出现,飞入云天

国人,不怕

酸酸甜甜的往事
在荷叶上绽放

胃里的疼痛
诉说着曾经

是否是
一叶扁舟的故事

导引着
整串铃声的响动

心若安好
风怎奈何

坚强,共抗

这头带着火舌的怪兽
让火焰肆意疯狂
古街成空,人已隔行
多少亲人
在这个春节里泪水成筐

天使扑向战场

用博爱写下篇章
一幕幕画面动人心肠
一方有难，八方来帮

祖国母亲好榜样
撒下颗颗籽，豪气粒粒壮
武汉儿女坚强
全国人民共抗

自信，向上

这个春节，车懒得飞翔
我们的灵魂磨着风景

窗外，所有的工作中断
脚印在冻土上衰老

忽然，鸟雀有影，在你抬头时
阳光射进房间

色彩在燃烧，一切转身
大地和你对着彼此一跃

赠你三月春光，予我四月桃花

三月的阳光与你错过，你赤手空拳
在你摘掉眼前的风情时
你把手伸在天空
你举着墨镜就像举着一把红缨枪

你的双臂张开
眼睛里小萝莉款款走来
车向着绿色的森林飞进，小鸟在尾气中咳嗽
森林里的象牙埋进那棵刺槐下

天空的一声惊叫
划破了野猪的耳朵
在狂飙的气息里嗅出了梅毒
鸽子拿着扫把清除，事件暂时搁浅

爱有多深，牵挂就有多长

白发牵着你的年龄，在时光中沐浴
阳光下，你的影子很长
我捡起影子的尾巴，把它当作我的衣裳
在歌声中蹁跹，梦牵着你的手

就这样，每天清点光束和线的增长
三月的春光把丝线放得很长，好让天上的风筝自由

飞翔
就像儿时我在你身后扯着你的念想

白发洗净春光,爸妈的脑门发亮
风中凌乱的语言积攒成章,那是你对我成长记忆出
　　来的芬芳
音乐敲着锣鼓,在搬运身心里彼此爱的悠长

饱满的麦穗,总是低着头

天空中的云房子
在节拍里晃着脑袋
把五月的麦穗挂在门闩上
见一个人就说,这是丰收

门栏上的麦穗仰望着岁月
把麦子地里的黄金含在口里
风起云涌的麦浪
在五月的口袋里留下沉甸甸的货币

海的那边,山头的皂角树翻着白眼
早晨的太阳映红了整个田野
饱满的麦穗,低下头
满地可爱的孩子,想来年

天空的云房子,在乐声中摇滚
打着赤脚的姑娘走来

用纤纤手指一戳
大地满仓，装载着喜悦

大海的春天

两个孩子在海边拍打浪花
用童声咀嚼大海的春天

海滩上，金色的沙滩在阳光下
互相追逐，把握在手里的细碎埋葬

不是上帝拿着笔就可以
肆意在海岸泼墨

大地把一对镯子
送给天边走来的一对小情人

孩子没长大，我不敢老去

半夜，海水淹没了枕头
剧烈的疼痛在高峰上揉着眼睛

骨缝里敲打出来的字体
透着寒气，闪在黑暗里

一条歪歪扭扭的斜梯
混沌了思想的扭曲

怕惯了孕育的过程
才在玉米的种子里点兵成将

春天来了，一切都是新的开始

保温杯里的水在瓶盖上呲呲笑着
它把所有的疲惫扔进狼藉

舒缓的音乐在阁楼下的亭子里蹦跶着
孩童的溜冰鞋继续演绎

鸟儿钻出梦呓的植被
看蜜蜂踩在蕊须的头稍踏着歌谣

人们从四周赶来
一低头砸进了生活

立不起来的日子

日子生病了，柔柔弱弱的
经不起风雨的抚慰

感冒胶囊，阿莫西林
都没有治好头疼

全身在温泉里瘫软
玫瑰花浸泡

日子丢了，没有了时间的骨架
立不起来了

又一种遇见

你从遥远的天边来
带着花团锦簇

你吐出的泡泡点石成金
在语言里开花

这种声音舒坦了远方的草莓
不折不扣地打开流水

天籁之音就在这里
我取出三千里的一瓢

赶海的日子

低潮的海边聚集了好天气
人们嬉笑着走进阳光里

卷起裤脚,捡起许多遗落的泪滴
珍藏在海螺的电话里

收获的海汇唱着人类的歌
一曲《大海啊故乡》拉出朱明瑛的阡陌

用思绪编着语言
把思念通过空气的传播来解解渴

独享今天

蜗牛飞起来了,在天空优雅
十几亿眼睛盯着

百花对着天空发射
一种叫礼花的开在云彩之上

笑着叫着的飞虫
嬉戏在广场上,拍打着翅膀

天空戴着口罩,笑着,弯腰
与大地依偎

致疫情病患者

记住
你不是脱滑世界底部的抓钩
上面有父母的担心与祈求
下面有兄弟姐妹的托举与保佑
左右有亲人朋友的支撑与问候

你不是一个人在树枝上战斗
冬日的严寒已嵌进条条光轴

是的
你看到了
和你同病者的脸上已经露出桃花朵朵
春天还会远吗

致身战一线的逆行者

你还是个孩子
乳毛未尽，却已在战场着一身白衣
你是孩子刚出生几天的父亲啊
为了别人的孩子，弃家前行
是的，您是最最慈爱的母亲
为了擦干别人眼角的泪花，决然与自己的女儿拥抱
　　分离

可爱的你们
在新春团聚的日子,有家不能回
在这个寒冷的春节,依然选择舍命受累

为了谁,为了谁

快递风声

出小区门口时
保安探出头,我说一声
取快递——
铃声悦耳在二月春风恩爱的花骨朵里

明艳艳的红晕
塞着祝福
只要车水马龙沸腾起来
红绿灯就可以嘟起嘴来撒娇

店铺零星开
租房牌子竖在门前
老板热情地添加微信
问图片,还是直接看房

脚没在空气中游走
眼睛在口罩的疑惑下
低头三思
天桥那边去还是不去

眼泪是最小的海

剥离,那一刻
形如海鸥飞在高空掠斜
阳光照射下的你羞涩着晶莹

惊涛拍岸,你微笑着
把游戏还给与沙滩滚打的浪花
此时,悠闲的云房子里蹦跶着音乐

躲在云屋里的你
穿着嫁衣
红晕飘在脸上,眼睛向下凝望

词在深蓝的大海上伸展,伸展
忽然,一滴眼泪滴落
海中有了最深情、最缱绻的语言

小树上飞来一只鸟

你来了
飞到健康步道旁的那棵矮树上
矮树在春雨中拉长你的嗓音

你来了
在刷刷的春雨中

几片花瓣串成的花,戴在你的胸脯上

多少期待啊
森林含着热泪,抚摸着你的记忆
在片片枝丫上发出信息

春天就要来了
春雨,笑意盈盈
一刻也不停地清点阳光

我在用你喜欢的方式保护你

你每天飞跃在空气中
多次禁令在那里都是扯皮

你闪烁的模样如风中翻飞的叶子
走过的地方蹭出晶莹

窗外的雨用心弹着你的吉他
用低哑的和音搀扶岁月

老榆树整天在村口歪着脖子等
根须都变成一把把利剑

活 着

各种思维在头脑里打点人生
树有树的冥想,鹰有鹰的刚强
老虎在森林里追捕
兔子在嬉戏蝴蝶
而我,此时只在小屋里
呼吸着请战一线医生护士散发的缕缕芬芳

病毒就是害死白雪公主的巫婆
顽固地实施着自己的伎俩
由一到十,由十到百
它不知道孩童的小手,此时也握紧了拳头
有力地击向这穷凶极恶的妖魔

活着,像一位智者
沉淀了许多真理,印书成册
历史的,非历史的,人文的,非人文的
名人与英雄,世俗与小人

活着,就是一位哲学家
阐述生命的价值
为自己,为父母,为国家,为全人类
不是退缩,不是庸俗,不是惹是生非
是希望,是憧憬,是未来

你安好，我无恙

今日元宵节
没有灯展，满街没有黄金缕在飘
静默的城市低眉
讲着沉重的故事

今日是元宵节
看着疫情数据湖北以外地区确诊病例四天连降
看着治愈人数唰唰增高
心情激动

感谢一个个吹哨人
用明锐和坚持换来希望
感谢一个个奉献者
用生命赌注光芒
我们捧着颗颗赤诚的心
祈祷湖北，祝福武汉
在元宵节后
涅槃重生

第八辑
寄托与生命

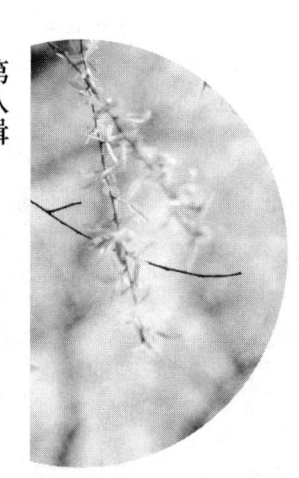

所求皆如愿,
所行化坦途。

藏在时间里的

翅膀被折了一半
星空里的路灯
忽明忽暗
一颗流星划过耳畔

沙沙的速度
喊着过往
不曾捞起的忧伤发酵
几经百年

嗖的一箭
正中患处
重复的因子叠堆成尖
哭叫的伤口都是盐

飞鸟过处
元音高亢的歌战栗了山川
翅膀在复原
阵痛

空 无

二月二十四日夜,我差点丧生
我所有的情感都汇聚在这辆车上

进入隧道，黑暗中
有我熟悉的声音，他在高歌，他在笑

他和他的朋友在畅谈
女的，商友圈，女的

多少忙线阻塞了我的血液
血液涌进腹腔，溢满心脏，晕厥

我的名字，我的生活，我曾经的美好
都被这辆车拉走了

曾经以为你是我的永远

把所有心思
都用在了体温表示的温度上
暖暖的，不烫也不凉
一门心思蜗居你的内脏

欢乐的藤条会笑会跳
我躺在藤瓜里
听着你的忧思　你的细语
绵绵的，浸润在耳廓里

月亮唱着动听的情歌
太阳弹了一曲狂热的吉他

激情蹦跶处喉咙吻出你和我
从此便觉得是永远

二月的火焰花红了
羊蹄甲的叶子说明来意
你的忧思转移
到了另一番喇叭唢呐的天地

小天地

百合花在光亮的脑门上笑着
形如你交欢时的气喘
你的模样
已是久远灰雾里的隐形

所有的语言在沙漏中流失
桥边的记忆绿柳犹新
湖畔两只蝴蝶仍在盈盈呢喃
蜜蜂带着折射的眼睛

小路上脚步声吱吱
青板石上的那个小孩
望着闭合下的窗帘
鼻息蠕动

蔷薇花一片
你脑门上的百合掉落

眼前的深蓝大海
正在沦陷

伤过的心就像玻璃碎片

你说
伤过的心就像玻璃碎片
我想象碎片满地
我想象碎片扎进心脏

你说
伤过的心就像玻璃碎片
我想象满世界的碎片
不能眨眼，不能呼吸
不能张嘴说话

如果人的心
到处都是窟窿
到处都在流血
人世间该有多痛

一个阳光明媚的日子

窗外，绿色莹莹
拿起书本

打开空旷的四野,品一杯香茗

这是一个明媚的日子
阳光靠着我的眼角
热热的温度
催生无数眷恋

不去数
光阴中凝集的沙尘
也抛开
因为沙尘暴劈开的宝盒

露出的
已被吞噬
内心纯洁依然美丽
在黑暗翻滚中
流出汁液并愈合

这是一个明媚的日子
所有的绿色很鲜亮
所有的花儿会绽放

我用
珍惜心头的宝藏
温暖心中的太阳

每朵云都下落不明

道轨旁
夜色在黎明显得苍白
您用巴掌遮住自己的天空

雨点滴落
或明或暗的灯火各自说着悄悄话
您也在独语

至于您的心怎样空灵
未来雨前
至少放在长白山上

现在您咬着嘴唇
空气在湿润中耷拉着脑袋
您的那朵云已不知去向

坐在阳光下数花

春天的到来,让我有点气喘
迈步,在大街上看风景
飞机在空中轰轰作响
带走了我焦虑的念想

我是在欣赏阳光吗?

树影在地上的斑驳同意吗?
额头的汗在渗出
四周张望

调皮的叫喊让我凝视
光鲜亮丽的神态
在告诉我什么
声音高一些,别悄悄

喔噢耶
解放如你?
在阳光下暴晒思想
说在这里,我闭上了眼睛

春天,小鸟叫醒了我

早晨
跳出我梦的
是窗外的明朗
鸟儿的嬉戏妩媚空气中的分子
病毒跌落在枝丫下

传来兴奋的
是窗内玻璃水的哈欠
她说
终于看到了星光

那几颗沉睡的露珠
在阳光的安抚下露出晶莹
她说
石头内的寒气被吸出

晨光点点
万物在温热中舒心出微笑
她们说
太阳普照时彩旗飘飘

大地
摸了一下额头
一拍大腿
把遗落的阴暗扔进地狱

忽然觉得

腰和颈椎扭捏起来
比牙痛还放肆
窗帘
遮起了屋内的黑

明艳的春光
打着哈欠说着梦中的彷徨
那条料峭的小路
是她的衣裳

活着只是苟且
小鸟说
生活才是远方
老鹰说

牙缝里开不出妖艳的花儿
小鸟说
不是精卫填海,而是飞过大海
老鹰说

鼓浪屿之行

时间在光阴里
握着拳头
等待
花朵盛开的日子

三天,两天,一天
在最后的时光里
终于
抓住了鼓浪屿的衣襟

去倾听
倾听
文字里蹦跶出的声音
这些学者,诗人,评论家

字与字
词与词碰撞的火花
聚焦成光环
在岛屿上灿烂

连同船
联通海水笑出的浪花
都在用汉字
书写
祖国的辉煌浪漫

感谢生命

一涌一涌的波纹
扶着白色的泡沫前行
船很谦虚
用留下的痕迹诉说曾经

海风吹乱我的发
海水在深邃中思考人生
这么热情的码头
这么喧哗的世界

一波一波的海水
逆袭我的小脑
一茬一茬的人群
在阳光中发着光辉

海底的鱼儿
有拿画笔的，有作画的
有凝重思考的
还有地上的植物在舞蹈

抬头，你瞧
再瞧瞧
星星有没有在睡觉
月亮有没有拉着太阳在唱歌谣

夜　空

摇摆，在人间
形如一个钟摆，不停地摇摆
摇摆到黄昏，摇摆到天亮

用劲把时间扔在草垛里
燃烧的灰烬飞向宇宙
沉浮在无尽的街头

集市上
没有灯火，只有掉落银河的
碎片星星，是疑非疑地
望着夜空

想不通

你的话比巴掌很痛
肿了不该肿的地方
糊涂的纸页飞翔

路的尽头
走过时闻到沿边的花香
风足够恩惠

这些点点滴滴
生着病毒
不知从何治起

有治疗闭塞症的药吗

一条道上有两个黑影
一条阻塞交通
一条阻塞神经

我想用辫子抽打
影子幽隐
一会儿月亮照没了形

蜘蛛侠似的又在房顶

一会空中
一会心里

致爱人

你是松树中挺拔的那棵
当生命改换光芒时
你把绿色对准南方的木棉
多少远方
在树干中流淌

走进自己的那片阳光
眼睛盯着清澈的鱼塘
蹦跳嬉戏的鱼儿
就是你此时的思想

闪着光，在风中呢喃的木棉树啊
把信塞给忙碌的鸽子
把发卡的故事
写在日思夜盼的花朵上

让花朵在树枝的仰望中
灿烂着长
直到，繁华飞落尘土
直到，松树把它相拥

你在梦中，我却醒来。你醒来了，我又在梦中。如此反复，过尽千帆岁月……

离弦的箭

三颗星
被月亮唤醒
黎明中谁又在奔跑

出来，进去
眯着眼睛
磨磨唧唧扭动身躯

羞涩中
摆弄白色的衣裙
悬在半空，对着我笑

我不语
只用柔和的眼神
望着她

错过了，就不必留恋

花开了
蜜蜂没来
花蕊的美丽
照常绽开

树叶绿了
鸟儿没有鸣叫浓密
阴凉一片
没有知了渲染歌曲

清澈的河水
哗啦流着
河底鱼儿舞蹈
没有听见这动人旋律包含波涛

如此美妙的过往
你错过，他错过
不必留恋
坐在河边弹弹琴弦

忽然忘记了是怎样的开始

天气暖暖的
没有风

静坐一隅时
忘了来时的路

那种艳丽时光
忽略在岁月里
倚门
吞咽归途

慢慢思绪
拾荒整理的空隙
是否
留下许多霖露

前方的阳光
悬在半空
是否
在寒风中为我遮挡孤独

你在我的心里，我在你的梦里

深谷里，水滩边
看着悬下的水帘
溅起水花朵朵
身边涟漪成片

变一艘小船
荡漾妖艳

我在小小的船里坐
鱼儿嬉水我乐呵

你就像
母亲的怀抱温柔的歌
抱着我的幸福
寄给星河

总是在
温柔的梦乡
唱着温暖的歌
你的博爱让我铭记在心间

星星河
弹奏着动人的琴弦
踮起脚尖
把我的美丽漪进你踏实的心窝

夜色在黎明中翻腾

当晨风
吹进朦胧的呐喊
黎明
已悄然到来

透过
窗户的空隙

寻找
世间的透明

滚动的时间
在炫舞
不堪与时间对抗
憧憬等待

灯火次第落幕
我看到了
黎明前
夜色的挣扎

是的
朝出夕落
在一日轮回的背后
它也在奋力苏醒

好起来吧
黎明的浅淡
亮起来吧
生活的灯火

我用晨风洗刷污浊

干净零落的晨曦
提着吊带裤穿上身的时候

太阳已追随它的身后
目光炯炯

这一地
绿色的希望
要用我的双手捧起
那深处角落的
滴滴污垢
我用晨风洗礼

一下一下
温柔的笑颜粘着
心灵挤出的膏药
对准浊处
轻抚晨风
搓洗

一点一滴
一点一滴
用尽我的心思
倾尽我的体力
在晨风中清香四溢
花儿飘起
带着我和你

人生如醉酒,一场又一场

每天疯癫
乐逍遥
不在乎
什么森林什么鸟
只在乎
蝴蝶花丛怎么闹

人醉了
思绪飞扬
心态好
管他律法清规
狮子叫
爽爽朗朗面带笑

一场一场醉酒好
浓如生活
躲不了
看淡清风
拂面到
吹开浓雾天变高

把酒菊花
帘卷西风
黄花诗雅南山邀
小桥流水话桑麻
如此对饮
仁人秀媚乐陶陶

一种格局

总是在仰望中
寻找
寻找那颗星星
它总是在晨曦中
守候那片
蓝色的静谧

流星划过
它不急
云腾翻涌
它不躁
水墨丹青中
还能幻想它的倩影

流浪流浪
奔波在大海的潮起潮落里
追赶夕阳
在捡拾贝壳的喜悦里
打捞
那份生活的琼浆
云舒云卷心如莲

在乎风时,风不在

在乎风时,风不在
在乎雨时,雨无滴
在风里呼吸
在雨里浸润
我用一阵风的功夫
吹拂爱恋
我用一场雨的时间
洗涤心窝

是什么
让风吹拂得这么遥远
是什么
让雨浸泡得这样松软
此时
风不在
雨无滴
我在干涸的空气中沉积

只是在人群中多看了你一眼

你的身体
在光源中
洒下无数摇摆的光影

在惊诧中
静谧的一排树
温柔地看着我

继续摇摆
经过许多盏路灯时
影子无数

啊
光源的不同
造成的光斑的各有所长

就像
那朵朵流云
从深邃到黎明的变幻

像凤凰
像大海中的一叶小舟
像一条张大嘴巴的鳄鱼

像游动的小鱼
像飞翔的燕子
像扑腾的乌鸦

我只是
在人群中多看了你一眼
便让我永远铭记心间

你的所有的浮现

让我留念
如何停下对你的眷恋

绵山
天边变化的水墨
那颗守望故乡的星

隐形翅膀

收起隐形的翅膀
埋葬
在飞翔中曾经跌伤
遁地的那一刻
如此疼痛

像一只瘸脚的小鸟
任鲜血流淌
在四处张望中
那一处蓝
给予我冥想

上苍
不要让空气过于张狂
让清新进入脾肺
排泄窒息留下的
那楚楚酸汤

世俗的眼光
都是欢腾的
清澈
一旦流入沙尘
沉静
将不再彼此飞扬

今晚你在我的梦里

过往千帆
最后在洞前的一辆民工车里
纷纷下车
杂乱的喧闹中
走出笑嘻嘻的你

在家里我是导师
所有的事我来安排
我没安排你做什么
你却和姐姐打起扑克来

夜深了
太烦
我说考试呢
无奈中停止嬉笑

辗转反侧
几次在刺痛刺痒中惊醒

可恶的虫子
尽然把皮肤咬得很烂

你在梦中
我却醒来
你醒来了
我又在梦中
如此反复

不要说

不要说
花下之人
那笑中的悲凉

伫立
看梅花折成的心字
温暖便是全身

亲爱
站上去
我要把对你的爱说出来

就这样
对的
很自然的流露心扉

瞧
那一条瀑布
流下的不是清泉，而是天上虹

感叹岁月

长河中
手拿月亮敲击世俗
星星挤着眼泪闪着光

星空很美
有时深邃也是给予
黑暗很美
有时承受也是一种富裕

你说
时光拧着水桶浇灌
不发芽的树苗
我说
地域是走往成功的锤炼
不计较所有的恩怨
花草是我的情人
今年被火烧了
来年春风再生

异地的蜗牛

相逢于石阶上
雨中伸出长长的触角
舒展开庞大的身躯
不忘记把壳安放在背上

爱你的那一刻
用浅黄色的花枝轻碰你的触角
你神速地缩了回去
改变方向的那一刻
我得向你学习

你的躯体
是北方同类的二十倍
你的敏锐让我心痛
翻转你的身子
肉体直往壳里缩

使劲的样子
让人心疼
体积在变小
为了捍卫尊严
你放出了保护液

共饮晨风

在雨中
捡拾生活的琐碎
把竹床、芦荟、泉水
裁剪成缩影

竹房子的故事
跌水潭的故事
还有泉眼的故事
流通在心里

雨嬉戏在头上
顺着衣服滑行在鞋子上
大声吼叫
雨滴吓了一跳

携手做仰卧起坐
雨滴钻进裤脚
在浸出的鲜血中
共饮晨风

传　说

这些想象插上翅膀飞翔
在天际，在星空

遥叠几串梦想
飘向四面八方

地上的影子挂在了树上
水里的城楼寄语大厦
白云的怒气化作雾水
朋友的朋友挥着铁锤想把天戳个窟窿

穿过对面
坐一轮划船
进入时空的隧道
在岁月的面前奔行

摘一枚人生果
嚼在口中
打个喷嚏
就到了想去的地方

西风甚好

卷帘西望
雨滴正好
所有的微风
沉在心底

烦躁的声音
在胸膛聒噪

外面雨滴甚欢
心里的雾霾是否飘散

狂舞
在杂草荒芜的田野
用一滴汗水
打湿那滴闲愁

飘啊飘啊
随着那些乌云
漂啊漂啊
随着那些河流

名　义

贴心的时候
很暖很暖
揪心的时候
很烦很烦

我想用上帝的名义
告诉
真的假的
黑的还是白的

父辈的同辈的
你的我的

这些闪亮的灯光
也在诠释

人间的情谊
友情　亲情　爱情
所有的感情包罗在宇宙中
折射成月亮周边的繁星

你看吧
眨眼睛的是你
闭眼睛的是我
忽隐忽现的是你的声音

用高分贝的喉咙
唱吧
用凝噎哽咽的诗歌
抒情

黑夜
将不再有年兽
白天
将不再有狂风

所有的
可以呈现的风景
都会
定格在你的瞳孔里

一场雪花的笃定

捡拾阳光
珍藏心房
高阁一隅的希望
总是激荡

那些阴霾
尘封风中
根根扎眼的刺
由星星拔光

双脚
游走于大地
酸痛与否
脚会知详

心
度量整个世界
快乐与否
表情可以张扬

所有的是非
都落入尘埃
一场雪花的笃定
让满地的不快迅速流淌

转身也能回头

抓胡子捏腮帮的事都有过
那股西风也刮过
古道分别

那匹瘦马给你
斜阳给你
黎明的鱼肚白也给你

往前走
继续往前走
前面有沙滩,有海水,也有帆船

一首《别董大》响起
你突然转身
向着我奔来,白衣兮兮

后 记

　　一个个跳动着激情的文字，一行行感人肺腑的句子，一篇篇动人心扉的文章，情节在思绪的翻山倒海中汇聚分开，纠结抽离，或者云卷云舒。在生活中能够沐浴阳光明媚又能接受阴云密布的，这就是我的生活。

　　本人从小喜欢文学，喜欢读各种各样的文学书籍。当时家里很穷，姐妹六个，能够上学已经是一件非常不简单的事情。买书更是不容易，尤其是看到父母头上那些疯速生长的白发，目睹每天早晨五点起床做豆腐的母亲，还有冬日里用满是裂口的手伸进冷水缸里捞出做好的豆腐准备上外村叫卖的父亲，自己就会欲言又止。初中那会儿，偶然一次发现邻居江生哥哥家好多书，当时别提多高兴！随手抽了几本看看扉页和目录，感觉能够在每本书中徜徉，真是一件乐事。经过江生哥哥的同意，每次可以借一本书。于是从那时起，正儿八经地开始走向阅读之旅。虽然被他家的狗重重地咬过一次，也觉得值得。

　　人常说"书中自有黄金屋"，但我觉得书最好的用途是可以治愈人的消极无聊、给予人积极向上的精神及乐观的生活态度。

　　当我孤独落寞的时候，当我心灵受到极大压力的时候，当我情感受到挫折感到无望的时候，书籍是解除这些最好的良药。江生哥哥那时是村里有名的会写文章的人，有一天，我在收音机上还听到了他的文章，是北京电台播出的。

我当时仰慕他到了极点。于是想自己将来也能有文章被电台播出。有了这种想法，就开始发奋读书，一有空就读，而且还喜欢记笔记。高一那年一次上早读时，听见校园的大喇叭响了起来，当听到播音员说下面播送89班某某某的文章时，我惊呆了，自己的文章竟然被公开朗读了，而且写得那么好。于是我对写作更有信心了。

结婚后，忙于俗事，也会写一些育儿日记、成长趣事等，但这些都没有拿出去发表。孩子长大后，这才腾出精力开始写一些教育随感等，那时是在市教育周刊上发表。一发不可收拾，连续四年被市教育局评为"优秀通讯员"，从此爱上写作。

2008年开始文学创作，先写一些通讯报道、情感文字，偶尔也写小说、散文，一些文在市、省级报刊上发表，有些文还得了全国性征文奖，小有收获。后来在"教育在线""散文在线""红袖添香""新浪博客"等媒体发表自己的文字，又后来，在许多公众号上发表有自己的作品，也有了许多粉丝。心里有一种窃喜，像陈年老酒，存放！于是又有了一个心愿：就是出一本属于自己的书，让自己的文字也成为别人孤独郁闷时的解脱，成为走出心门、走出低谷的垫脚石。经过自己的不懈努力，于是就有了《心尖上的花瓣》一书的问世！

愿所有读过此书的读者有所收益，谢谢大家。

　　　　　　　　　　　　2020年11月24日于厦门